我心
深藏之惧

Ni

d'Ève ni d'Adam

[比] 阿梅丽·诺冬（Amélie Nothomb）◎ 著　　胡小跃 ◎ 译

湖南文艺出版社
HUNAN LITERATURE AND ART PUBLISHING HOUSE

博集天卷
CS-BOOKY

译者序

　　阿梅丽·诺冬（Amélie Nothomb）是比利时法语作家，也是当今法语文坛最活跃、最受瞩目的作家之一。自一九九二年出版处女作《杀手保健》以来，她一年出一本书，年年轰动，本本畅销，成了欧洲文学界的"神话"。她的作品已被译成四十多种语言，其中不少已被拍成电影或改编成戏剧，在欧美舞台上上演。她的作品获奖无数，包括法兰西学院小说大奖等。她的作品片段已被收进法国、加拿大和比利时的教科书，她的名字也被收入法国著名的《小罗贝尔词典》，她的头像还曾被印在比利时的邮票上。现在不少国家都出现了研究其作品的论文，研究她的专著也越来越多，这标志着她已进入当代一流作家的行列。二〇一五年，她被选为比利时法语语言与文学皇家学院成员，以表彰她"作品的重要性、她的独创性和逻辑性，以及她在国际上的影响"。

阿梅丽·诺冬原名法比安娜·克莱尔·诺冬，一九六七年生于比利时首都布鲁塞尔郊区小镇埃特贝克的一个外交官家庭。诺冬家族是当地的望族，历史上出过许多政治与文化名人。阿梅丽幼年时就随父母辗转于亚洲多个国家，先后在日本、中国、老挝、孟加拉国、缅甸等国生活与居住，直到十七岁才回欧洲继续上学。读完文科预科，她进入著名的布鲁塞尔自由大学学法律，但她不喜欢，仅读了一年，就转学哲学与文学，因为她迷上了尼采和法国作家乔治·贝尔纳诺斯 [1]。

大学毕业后，她的父亲又被任命为比利时驻日本大使，她也再次回到小时候生活了好多年的日本，进入一家日本企业工作，当译员。她原先把自己当作半个日本人，认为日本是自己的半个祖国，却不料东西方文化的冲突使她无所适从，让她找不到自己的身份和位置，她仿佛成了一个边缘人和"无国界人士"。这段经历使她日后写出了一部杰作——《诚惶诚恐》。

诺冬喜欢写作，每天必须写四小时以上，每年都写三四

---

1 乔治·贝尔纳诺斯（1888—1948），法国天主教作家，代表作为《在撒旦的阳光下》。——译者注（如无特殊说明，页下注均为译者注）

本书，至今仍是如此。一九九二年，二十五岁的她从抽屉里选了一部自己比较满意的书稿——《杀手保健》，寄到了她所崇敬的法国伽利玛出版社，却不料被该社权威的审读员菲利普·索莱尔斯直接拒绝了，那位"文坛教父"认为这个小女子对老作家大为不敬，竟敢如此调侃和嘲笑曾获诺贝尔文学奖的大作家。诺冬只好另找门路，她的一个朋友替她把稿子送到了法国另一家大出版社——阿尔班·米歇尔出版社，该社的审读班子读了书稿以后一致叫好，老板马上拍板录用，并一口气跟她签了四本书的合同。诺冬并不心慌，她抽屉里有的是书稿。

《杀手保健》出版之后获得了巨大的成功，不但成了当年的畅销书之一，还在第二年、第三年连续获奖。法国的媒体惊呼"文坛上出了一个天才"，诺冬一下子就出名了。一九九三年，诺冬出版了她的第二部小说《爱情与破坏》，并获奖；一九九四年出版的《燃料》是诺冬迄今为止所创作的唯一的剧本，大概是在《杀手保健》中没有过够对话瘾。该剧本写的是，在一个寒冷的冬天，三个垂死者把自己关在公寓里，尽自己的最后力量阅读和选择图书，把他们认为不好的书扔进火中。他们还能活多久？他们之间有些什么秘密？他们为什么要在生命的最后阶段读书、焚书？种种疑团笼罩着全书。《午后四点》是诺冬的第三部小说，出版于一九九五年，写的是一对老年夫妇为安度晚年而隐居在一个偏僻的乡下，却天天被一个自称医生的邻居骚扰。读者能感受到，面对空虚和失望时，文明和礼貌是多么软弱无力。该书曾被法国《读书》杂志评为当年二十本最佳图书之首，不少人把它当作诺冬的代表作，认为其可与《杀手保健》媲美。

诺冬虽然每年都写几本书，但每年只出版一本，永远是在同一家出版社，永远是在同一个季节。从一九九二年出道至今，她已出版了二十八本书。纵观她的全部作品，大致可分为两类。一类是自传性小说，主要写自己的经历与身世，如《爱情与破坏》《诚惶诚恐》《管子的玄思》《饥饿传》《我心深藏之惧》等。这类小说以基本事实为依据，主人公有时甚至与她自己同名，她偶尔也会悄悄地加上一些虚构的东西。她在这些书中表达了对自己所生活过的地方的爱与恨、怀念与追忆、讽刺与批评，并不惜自嘲，但更多的还是在寻找自己的身份与归属感。作者常常用调侃的语言、幽默的语气和近乎荒诞的情节，通过自己的故事，来探寻活着的意义和生存的矛盾。

另一类是纯虚构的小说，灵感来自多方面，可以是哲理名言和历史故事，也可以是音乐或童话，有时也受现实生活的启发。《某种活法》的背景是伊拉克战争，《硫酸》反映的是电视直播和大众传媒。在这类作品中，主人公大多是一个年轻的知识女性，智慧、机敏、勇敢，思辨能力强，口齿伶俐，如《杀手保健》中的女记者尼娜，《老人·少女·孤岛》中的女护士弗朗索瓦丝，《蓝胡子》中的萨图尼娜。其对手往往是年老丑陋的男性，或富有，或权威，但虚伪、霸道、粗野、强大，不过最后都败在这位美丽智慧的年轻女性手里。有时，主人公也可能是一个天真、善良、乖巧、诚实的女孩，而她的对手是与她年龄相仿的女孩或稍大的女性，或是同学，或是伙伴，或是老师，但性格和品德与她完全相反，如《反克里斯塔》中的"我"和克里斯塔、《硫酸》中的帕诺尼克和泽娜、《敲打你的心》中的狄安娜和奥丽维娅。

　　诺冬的小说没有什么惊天动地的情节，也没有宏大的背景，人物不多，不涉及重大题材，书中探讨的往往是生活中常见的命题：友谊与背叛、美与丑、善与恶、道德与虚伪、正义与非正义。爱情、死亡和哲理构成了诺冬大部分小说的支点，而把它们连接起来的，是敏锐的观察、犀利的语言、巧妙的思辨和无处不在的黑色幽默。这就使她的小说残酷而不残忍，灰色而不灰暗，深刻而不晦涩，爱情始终在某处招手，驱使着人们去冒险、去搏击、去不择手段、去铤而走险。

　　在《杀手保健》中，老作家杀的是他深爱的表妹，理由是，他太爱她了，不想让她受到玷污。在《老人·少女·孤岛》中，少女阿彩被囚禁在一个孤岛上，心甘情愿地委身于一个粗鲁的老船长，她以为自己奇丑无比，其实美若天仙。老船长为了把她牢牢地抓在手里，才骗她说她被毁了容。在《公害》中，一个奇丑的男人为社会所不齿，到处受排挤，没有人愿意与他为伴。他受尽折磨、奚落和嘲笑，后来却成了国际法庭的大法官和选美评委会的评委，这使他得以对社会的公正和美做出新的解释，而爱神也随之降临在他的身上。在《刺客》中，主人公埃皮法尼也是一个丑得不能再丑的人物，绰号叫"卡西莫多"，他暗恋上了一个漂亮的女演员爱泰尔。爱泰尔喜欢他，却不愿意嫁给他，因为他太丑。埃皮法尼这才明白，自从有了人类之爱，丑人就没有过位置。为了报复，更多是为了占有美，他用爱泰尔扮演斗牛时用的道具牛角刺死了他心爱的人，为王尔德的一句名言做了注解："每个人都会杀死自己的所爱。"《反克里斯塔》写的是一个坏女孩的故事，她坏得可以用各种贬义词来形容，作者在书中揭示了恶的可气可恨之处，展现了它的破坏力和欺骗性，并告诉读者，要战胜恶，不光需要勇气和力量，更需要智慧。《冬之旅》中的主人公佐伊勒在爱情中找到了美，但这种美不愿放弃丑，也就是说，在得到美的同时也必须接受丑。面对这种艰难的抉择，他很彷徨、痛苦、犹豫，但最终决定宁愿毁灭美也绝不与丑同流合污，由此踏上了一条不归路。美与丑、善与恶在《硫酸》中也一直在进行斗争，只是这一次斗争的方式有些奇特。女狱卒泽娜无疑是丑恶的化身，但恶并不是不能被改造的，小说的最后，泽娜在帕诺尼克的说服、感化和影响下，终于洗心革面，做出了壮举。而《午后四点》是在埃米尔和贝尔纳丹的斗智斗勇中展开的，两人像是在玩推手，一推一挡，你来我往，较量了许多个回合。诺冬是学哲学出身的，不满足于在书中讲故事、玩小聪明，而是更喜欢在书中展示自己的学识，引经据典，把历史、宗教、神话、哲学和文学等方面的内容穿插在字里行间。故事讲述到一半，她开始探讨起礼貌、虚空、善恶等问题来，妙语奇思也随之而来。

语言是诺冬的小说中最让人享受的东西之一，尤其是人物对话，她的许多小说几乎全以对话组成，如《杀手保健》《敌人的美容术》《蓝胡子》《历史影片》等。作者用对话编织了一个个巧妙、曲折而神秘的故事，光是对话本身就足以吸引读者。作品中正方反方高手过招，唇枪舌剑，妙语连珠。诺冬的语言是智慧的，也是辛辣的；讽刺是无情的，又充满了幽默。《午后四点》中的贝尔纳丹太太睡觉时会发出巨大的呼噜声，自己却睡得很沉，"如果她自己发出的响声都不能吵醒她，那就没有什么东西能吵醒她了"；贝尔纳丹家里臭气熏天，偏偏又不开窗，"他们的窗户总是关着的，好像怕浪费他们宝贵的臭味"。《冬之旅》中，劫机这种疯狂而恐怖的行为，在诺冬的笔下，竟有种滑稽的感觉，对从安检搜身、厕所清洁到等待登机的写作，都让人觉得这场死亡之旅并不是去制造灾难，而是去演出一场喜剧。对往昔的回忆、对动机的探讨、对结果的想象，使一本惊险小说慢慢地变成了哲理小品和爱情诗篇。

诺冬的小说篇幅都不长，结构相对简单，线索也不复杂，情节却一波三折，使读者看了一半也猜不到故事的结局，甚至与当初想象的完全相反。《杀手保健》中的前四个记者都被博学善辩的塔施反驳得落荒而逃，就在读者以为塔施必胜无疑时，小说出现了反转，第五个记者——一个柔弱的女子上场了，她抓住了塔施的要害，逼其就范，揭露出惊天秘密：那个大名鼎鼎的诺贝尔文学奖获得者竟然是个杀人犯。谁也想不到，《某种活法》中那个自称在伊拉克前线作战、喜欢读诺冬小说的美国大兵，完全是一个躲在乡下大吃大喝、消沉懒惰、胖得出不了门的冒牌军人。

诺冬的小说结局虽然难猜，但大多有一个共同点，那就是杀人。无论是多么温情的故事，有多么温和的人物，小说最后都会出现命案。谁也没想到,《敲打你的心》这本与谋杀、战争相距甚远的"情感小说",最后也出现了命案,只是死法有些特殊,奥丽维娅这位心脏病专家的胸口被扎了二十多刀。《罗贝尔专名词典》的主人公是一个名叫普莱克特鲁德的小女孩,从小没有父母,母亲生下她后杀死了丈夫,然后自杀身亡。《午后四点》中的贝尔纳丹好不容易鼓足勇气自杀,却被埃米尔救下,但为了成全他,埃米尔最后只得自己充当凶手。在这里,杀人再次成了助人的善举,就像《杀手保健》中的那个女记者和《敌人的美容术》中的杰洛姆。《蓝胡子》也一样,死是免不了的,恶必须根除。这些小说充满了神秘气氛和冷幽默,贯穿着历史与宗教知识,也不乏戏言,悬念很足,引人入胜。《刺客》中当然也要死人,当埃皮法尼遭到爱泰尔的拒绝,并且真相被揭穿时,他便动手行刺了,从而成全了诺冬的又一部以温柔开场、杀人结束,全文贯穿着幽默、自嘲、讽刺和哲理思辨的小说。

　　怪异奇特的书名、人名也是诺冬小说的一个特点。她的书名里有很多是不可译的,硬译过来也会让人不知所云、莫名其妙,如《老人·少女·孤岛》法语书名为 *Mercure*(水银,信使,墨丘利神),《午后四点》的法语原名为 *Les Catilinaires*(敌意的语言或尖锐的讽刺),《诚惶诚恐》的

法语原名为 *Stupeur et Tremblements*（惊愕与颤抖），《我心深藏之惧》的法语原名是 *Ni d'Ève ni d'Adam*（既非夏娃，也非亚当）。她小说中的人名也是如此，往往很长，很罕见。《罗贝尔专名词典》中的主人公是一个名叫普莱克特鲁德的小女孩，《蓝胡子》中的男主人公叫堂·艾雷米里奥，《杀手保健》中的文豪叫普雷泰克斯塔·塔施，还有《敌人的美容术》中的泰克托尔·泰克塞尔……这些名字看似与主题无关，其实并非如此，只是要花心思去琢磨，如同她在书中引用和提及的那些句子或故事，虽有炫耀之嫌，但不懂一点哲学、历史、宗教、文学，还真会被蒙在鼓里。她的书名好像信手拈来，其实也并不尽然，它们可能源于某一哲学理论、某个神话、某种传说或某个典故。据《法语词源词典》的作者瓦尔特·冯·瓦特堡考证，"Ni d'Ève ni d'Adam" 这个句子源于一七五二年的一个法国俗语，意思是"不认识，不知道，从来没有听说过，哪怕是追溯到亚当夏娃的时代"。"Les Catilinaires" 则源自古罗马的一段历史：罗马贵族喀提林（Catiline）多次策划阴谋，但屡屡被西塞罗挫败。西塞罗训斥喀提林的演说非常著名，后来"斥喀提林"便成了一个名词。诺冬选用这个词做书名，不排除有戏谑的成分，但也不能说它与小说完全无关，小说中的埃米尔不是曾学西塞罗滔滔不绝、高谈阔论，试图以另一种方式战胜贝尔纳丹吗？
读诺冬的小说是愉快的，她幽默的语言、奇妙的构思和独特
的叙述方式常常让人手不释卷——当然，这是小聪明，不是
大智慧，是小作品，不是大手笔。但她的小说轻松而不肤浅，
轻快而不乏犀利，篇幅不长但可以反复咀嚼和品味，她做的
是家庭小炒，但她会把小菜做得漂漂亮亮。诺冬的小说似乎
好懂，翻译起来却很不容易，很多地方原先以为读懂了，细
细再读，才发现完全不是那么回事。她的文字中潜伏着太多
的言外之意，正如她在情节中设置了太多的陷阱一样。读她
的书，翻译她的书，都是一种智力游戏，稍有不慎，就会上当，
她则像书中的女主人公那样，坏坏地躲在一旁偷笑。译者有
幸多次见到作者本人，尤其是二〇〇六年，译者在阿尔班·米
歇尔出版社实习数月，诺冬在那儿有一个办公室，她每天上
午来拆看和回复读者来信，译者得以不时与她交谈，向她请
教翻译中的问题，和她一起喝咖啡，谈她小时候在北京的故事。
生活中的诺冬真诚、爽直，并不像书中的"她"那样难以捉摸。

胡小跃

二〇一九年十月二十五日

学日语最有效的办法似乎是去教法语。我在超市门口贴了一张小广告：一对一法语辅导，价格从优。

　　当天晚上，电话就来了，约第二天在表参道[1]的一家咖啡馆里见面。我不知道他的名字，他也不知道我的名字。挂了电话之后，我才意识到这一点。不知道该怎样认出他来，他也同样。由于我刚才没想到要问他的电话号码，现在是没办法了。"他也许会再打电话来。"我想。

　　他没有再打电话给我。听声音，他好像很年轻，但这对我来说并没有太大的作用。一九八九年的东京可不缺年轻人，尤其是在一月二十六日下午三点左右的表参道的那家咖啡馆里。

　　我也不是唯一的外国人，远非如此。不过，他径直向我走来。

_____

1 表参道（Ōmote-Sando），东京繁华街区，那里名牌荟萃，店铺林立。

"您是法语老师？"

"您怎么知道？"

他耸耸肩，身体僵硬地坐下来，不再说话。我明白我是老师，应该由我来问他。我问了几个问题，得知他今年二十岁，名叫伦理，在大学学法语。他也知道了我今年二十一岁，叫阿梅丽，学日语。他搞不清我的国籍[1]。我对此已经习惯了。

"从现在开始，我们不能再讲英语。"我说。

我用法语说话，想测试一下他的法语程度。他显得有些不知所措。最严重的问题是他的发音：如果不知道伦理是在讲法语，我会以为他刚开始学汉语呢！他词汇贫乏，句法呢，蹩脚地模仿英语，好像那是他唯一的救命稻草。然而，他已经在大学里学了三年法语。我由此断定，日本的语言教学是失败透了。差到这种程度，甚至都不能再用岛国封闭来解释了。

这个年轻人应该意识到了这一情况，因为他立即向我道歉，然后沉默了。我无法接受这种失败，非要他重新开口不可。可是白费力气，他紧闭着嘴，好像是不想让别人看见他的一口烂牙。我们陷入了僵局。

于是，我只能讲日语了。我五岁以后就没有再讲过日语，

1　作者为比利时人，小时候在日本等亚洲多个国家生活过，常常搞不清自己是哪国人，后自称是"无国界人士"。

阔别日本十六年之后，这是我到日出之国的第六天，不足以从我童年的记忆中重新激活这种语言，远远不够。所以，我跟他说了一些小孩子说的话，没头没尾，毫无逻辑，好像讲的是警察、狗和樱花树。

小伙子听我说着，惊讶得合不拢嘴，最后大笑起来。他问我教我日语的是不是一个五岁的小孩。

"是的，"我回答说，"这个小孩，就是我自己。"

于是我跟他讲起了自己的经历。我慢慢地用法语讲，由于有特殊的表情，我感觉到他听懂了我说的话。

他渐渐地不那么拘束了。

他用十分蹩脚的法语告诉我，他熟悉我出生并在那里一直住到五岁的地方：关西。

他呢，出生在东京，父亲是一家著名珠宝学校的校长。他讲累了，停下来，端起咖啡，一饮而尽。

这番解释，好像让他费了好大的劲，就像不得不踩着几块相隔甚远的石头，蹚过洪水暴涨的河似的。看到他完成这一"壮举"之后气喘吁吁的样子，我乐得直想笑。

必须承认，法语是不好学的。我可不想跟我的学生换位置，要讲好我的语言就像要写好他的语言一样难。

我问他在生活中喜欢什么。他想了很长时间。我很想知道这是一种生存思考还是语言方面的思考。他这样思索了很久，最后终于回答了。他的回答让我猝不及防：

"玩。"

无法判断他的障碍来自语言方面还是思维方面。

我追问道：

"玩什么？"

他耸耸肩。

"玩。"

他的这种态度也许是一种令人赞叹的洒脱，也许是面对难学的法语而表现出来的一种懒惰。

无论属于哪种情况，我都觉得小伙子很好地摆脱了困境。我完全赞同他。我对他说："您说得对，生活就是一场游戏：如果有人认为玩是因为无聊，那是因为他们根本就不懂。"

他听着我说，好像我在发表奇谈怪论。和外国人讨论的好处是我们永远可以把对方惊愕的神情归结为文化差异。

伦理也问我在生活中喜欢什么。我一字一句地回答说，我喜欢下雨的声音，喜欢在山中散步，喜欢看书、写字、听音乐。他打断我的话，说：

"玩。"

他为什么要重复自己的话？也许是想在这一点上跟我交

换意见。于是我接着说：

"是的。我喜欢玩，尤其喜欢玩牌。"

这会儿，似乎轮到他不知所措了。我在本子的空白页上画了几张牌：A、草花、黑桃、方块。

他打断了我。是的，当然，他会打牌。我感到自己搬弄低级的教学法真是愚蠢极了。为了走出这一困境，我随口问他喜欢吃什么菜。他不假思索地回答说：

"几袋。"

我觉得自己对日本菜还是了解的，但他说的菜，我从来没有听说过。我请他给我解释解释。他小心翼翼地重复道：

"几袋。"

我听清楚了，但那是什么东西啊？

他愣了一下，从我手中拿过笔记本，在上面画了一个鸡蛋的轮廓。我花了好几秒才反应过来，大叫起来：

"鸡蛋！"

他睁大双眼，好像在说："对了！"

我接过话头："是这么说的：鸡蛋。"

"几袋。"

"不。看着我的嘴，要把它张得更大一点：鸡——蛋——"

他把嘴张得很大：

"机电。"

我问自己：这是一种进步吗？是的，因为它属于一种变化，如果不是朝着正确的方向，起码也是朝另一种东西发展了。

"好多了。"我乐观地说。

他笑了笑，不太相信，但对我的礼貌感到很高兴。我是他所需要的老师。他问我要收多少学费。

"您愿给多少就给多少。"

这一回答掩饰了我在这方面的无知，我对该收多少学费完全没有概念，甚至都不知道大概该收多少。我不知道这一点，所以我不得不像一个真正的日本人那样说话。伦理从口袋里拿出一个用米纸做的漂亮信封，他已事先在信封里放了钱。

我尴尬地拒绝了：

"这次就算了。这不是正式的讲课，只是开场白罢了。"

年轻人把信封放在我面前，然后去给我们的咖啡买单，回来后约我下周一见面。我试图把钱还给他，他看都没看，跟我道了别就走了。

我很难为情地打开信封，里面有六千日元。让人难以置信的是，现金总让人觉得钱很多，尤其是在数目不大的情况下。我又想起了"鸡蛋"变成了"机电"，觉得自己不值六千日元。

　　我在脑子里把日本的财富与比利时的财富做了比较，得出一个结论：这笔交易如海洋与一滴水，太不成比例了。用这六千日元，我可以到超市里买六个黄苹果。这一点，亚当完全应该感谢夏娃。我心安了，于是沿着表参道往上走。

*　*　*　*

　　一九八九年一月三十日，我成年后来日本的第十天。自从得知要回来，我每天早上拉开窗帘的时候，都发现天是那么蓝。后来，在很多年当中，在比利时拉开挂在沉甸甸的灰色铁架上的窗帘时，怎能不怀念东京的冬天？

　　我去表参道的那家咖啡馆和我的学生会面。上课的内容主要是当天的天气。这真是个好主意，因为对没什么话要讲的人来说，天气是最好的话题。而在日本，天气是主要的也是必然的谈话内容。

　　遇到某个人而不跟他谈论天气，等于您缺乏常识。

　　伦理好像比上次有进步，这不能说全是我教得好，他自己应该也下了功夫。也许，想跟一个讲法语的女子对话给了他动力。

　　他正在跟我讲夏天有多么让人难受，突然，我看见他抬起头，望着刚进来的一个小伙子。他们互相打了个手势。

　　"他是谁？"我问。

"原，我的一个同学。"

那个年轻人走过来打招呼。伦理用英语给我们做介绍。
我生气了：

"请讲法语！您的朋友也是学法语的。"

我的学生重新给我们介绍，起初有点结结巴巴，因为突
然改变了语言体系。后来，他尽量咬字清楚：

"原，我给您介绍阿梅丽，我的情人[1]。"

我差点气疯，那种愤怒难以掩饰，发作起来肯定会让他
刚才所做出的巨大努力前功尽弃。于是，我没有当着他朋友
的面予以纠正——这会让他丢脸的。

那天也是巧了，就在那个时候，我看见克里斯蒂娜也走
了进来。那是个很讨人喜欢的比利时姑娘，在大使馆工作，
曾帮我填过相关表格。

我远远地跟她打了个招呼。

我觉得现在该轮到我做介绍了。然而，激动之中的伦理
也许想复习一下这句话，抢先对克里斯蒂娜说：

"这是我的朋友原，这是我的情人阿梅丽。"

克里斯蒂娜扫了我一眼。我装作漫不经心的样子，向两

---

1 法语 maîtresse 既有"女教师"之意，也有"情妇"之意。

个小伙子介绍了克里斯蒂娜。由于这一误会，同时也怕让人觉得是我在主导爱情，我不敢再给我的学生下命令。让法语继续成为我们交流的语言，这只能是我们唯一的目的。

"你们俩都是比利时人？"原问道。

"是的，"克里斯蒂娜微笑着说，"你们的法语讲得很好。"

"多亏阿梅丽，她是我的……"

我连忙打断伦理的话，说：

"原和伦理在大学里是学法语的。"

"是的，但没有这样的小灶吃，不是吗？"

克里斯蒂娜的态度让我感到有些不自然，因为我和她并没有亲密到那种程度，能让我向她解释真实的情况。

"您是在哪里遇到阿梅丽的？"她问伦理。

"在麻布超市。"

"真有意思！"

幸好他没有说我们是通过一则小广告认识的。

女侍者过来问原和克里斯蒂娜要点什么。克里斯蒂娜看看表，说她要去开会，时间快到了。临走时，她用荷兰语对我说：

"他很帅，我为你感到高兴。"

她走了之后，原问我她讲的是不是比利时语。我点点头说是的，因为我不想解释，那说来就话长了。

"可您的法语讲得很好。"伦理赞赏道。

"又是一个误会[1]。"我沮丧地想。

我再也没有力气了，便让原和伦理用法语对话，当他们错得实在太离谱的时候我才去纠正。但他们接下来的话让我很吃惊：

"如果你周六来我家，就带瓶广岛酱来。"

"靖会跟我们一起玩吗？"

"不会。他去南家。"

我想知道他们要玩什么，便问原，但他的回答并不比我的学生在上一堂课里给我的回答更清楚。

"周六，您也来，到我家里来玩。"原说。

我敢肯定他邀请我是出于礼貌，我很想接受，可又怕我去会影响我的学生，便试探着说：

"我对东京不熟，怕找不到。"

伦理建议说："我来接您。"

我放心了，激动地谢了原。当伦理把装着薪水的信封递给我时，我感到比上一次还难为情。我决定用这笔钱给主人买一个蛋糕。这样一想，心里才踏实下来。

---

1 比利时通行三种语言——法语、荷兰语和德语，并不存在比利时语。

* * * *

　　周六下午，一辆豪华的白色奔驰轿车来到我的住处门口，车子干净得在阳光下闪闪发亮。当我走过去的时候，车门自动打开了。开车的是我的学生。

　　当车子穿梭在东京的大街上时，我在想，尽管他父亲是珠宝学校的校长，我还是觉得他像黑帮，因为这是黑帮成员常用的车型。我没有问他。伦理一声不吭地开着车，精神集中，因为街上的车很多。

　　我在角落里看着他的侧影，想起了克里斯蒂娜用荷兰语跟我说的话。如果不是我的女同胞对我说他帅，我绝不会觉得他英俊。而且，我真的不觉得他很帅。不过，他挺着刮得干干净净的脖颈，脸上的神情像是凝住了似的，这倒使他显得有些非同一般。

　　这是我第三次见到他。他总是穿着同样的服装：蓝色的牛仔裤，白色 T 恤衫，黑色的鹿皮运动衣，脚蹬宇航鞋。他清瘦得让我有些不相信。

跟在后面的一辆车子撞了上来，这还不算，司机还下车对着伦理破口大骂。我的学生显得十分冷静，一个劲地道歉。那个粗鲁的家伙骂骂咧咧地走了。

我大叫起来："可这是他的错！"

"是的。"伦理不动声色地说。

"那您为什么还向他道歉？"

"我不知道用法语怎么讲。"

"那用日语讲啊！"

"Kankokujin."

韩国人。我明白了，心里暗笑这个学生不可救药的礼貌。

原住在一个微型公寓里。伦理递给他一大箱广岛酱。我感到自己提着一扎比利时啤酒傻傻的，却不料啤酒受到了热烈欢迎，他们真的很好奇。

朋友中有个叫雅的，正在切白菜丝。还有一个美国女孩，叫埃米。她的在场迫使我们讲英语，这让我感到很不舒服。让我感到更不开心的是，我猜想他们之所以邀请她，是想让我感到更自在一些，好像我是唯一的西方人这会让我痛苦似的。

埃米觉得倒苦水的机会来了，不断倾诉"流亡"之苦。

她最想念什么？"花生酱。"她严肃地说。她说的每句话都以"在波特兰……"开始。三个小伙子有礼貌地听着，显然，他们都不知道那个地方位于美国的哪个海岸，他们并不关心。至于我，我讨厌狭隘的反美主义，然后又想，因为这个原因而不让自己讨厌这个女孩，这也是一种不光彩的狭隘的反美主义，于是我让自己自然地流露出一种厌恶的表情。

伦理在削姜，原在剥虾，雅已经切完白菜。我想象着用广岛酱去拌这些东西，打断正在说波特兰的埃米，喊道："我们要吃 okonomiyaki[1]！"

"您知道 okonomiyaki？"主人感到很惊讶。

"我住在关西的时候，这是我最喜欢吃的东西。"

"您在关西住过？"原问。

伦理什么都没有告诉原。第一堂课我跟他讲的内容难道他一个字都没听懂？突然，我庆幸有埃米在场，这使我们不得不讲英语。我用颤抖的声音介绍了我在日本的经历。

"您有日本国籍？"雅问。

"没有。要有日本国籍，仅仅出生在这里是不够的。没

---

1 日语"御好烧"，意为"日本煎饼、日本烧"，主要有大阪风味（大阪烧）和广岛风味（广岛烧）。大阪烧是把食材混在一起制作，广岛烧是把不同食材依次做好再堆叠起来。

有哪个国家的国籍这么难得到。"

"您可以当美国人嘛！"埃米说。

为了避免说蠢话，我迅速改变了话题：

"我也想来帮忙。鸡蛋在哪里？"

"不用了，您是客人。"原说，"坐下来玩玩吧！"

我看看四周，寻找可玩的东西，但没有找到。埃米看到我这么慌张，忍不住大笑起来。

"Asobu."她说。

"是的，asobu，玩，我知道。"我回答说。

"不，您不知道。asobu 这个动词跟'玩'这个动作不完全一样。在日语里面，只要您不是在工作，您就是在 asobu。"

确实是这样。我感到愤怒的是，教给我这一点的竟然是个波特兰人。我也马上开始炫耀起来，想对她进行报复：

"我明白了。这么说，它跟拉丁语中的 otium 一词意思差不多。"

"拉丁语？"埃米被吓坏了。

她的这种反应让我感到很高兴，我又用古希腊语与 otium 这个词做比较，详详细细地跟她讲述了这个词的印欧词源。她将看到什么是语言学家，什么是波特兰人。

以牙还牙之后，我就沉默了，以日本人的方式开始玩。我看着他们揉面做饼，然后煎制。白菜、虾和姜混在一起的味道把我带回了十六年前，当时，我亲爱的西尾奶妈也给我做过同样的东西，但后来我就再也没有吃过这东西。

原的公寓太小了，没有一个细节能逃过我的眼睛。伦理按照说明打开广岛酱，然后把它放在矮桌正中。

"这是什么呀？"埃米的声音颤抖起来。我拿起纸盒，带着怀旧之情使劲地吸着酸李、醋、清酒和大豆的味道，好像在纸盒里吸毒。

当他们递给我盛着煎饼的碟子时，我全然不顾文明了，不等别人，迫不及待地浇上广岛酱大吃起来。

在世界上任何一家日本料理店都吃不到如此激动人心的家常菜，它既简单又讲究，既乖巧又诡异。我当时才五岁，从来没有离开过西尾奶妈。我大叫着，满心痛苦，两眼忧伤。现在，我大口吃着，目光茫然，满足地发出沙哑的声音。

全吃完之后，我才发现大家都尴尬而有礼貌地看着我。

"每个国家都有自己的饮食方式，"我结结巴巴地说，"你们现在知道比利时人是怎么吃东西的了。"

"哦，天哪！"埃米大叫一声。

这个埃米，她有话可说了。她不管吃什么，都好像在嚼口香糖。

主人的反应要让我开心得多：他急忙又替我做了一块饼。

我们喝着麒麟啤酒。我带来的比利时智美啤酒配广岛烧显得怪怪的，亚洲的啤酒却是很理想的佐餐啤酒。

我不知道客人们在说什么，而是专心致志地吃东西，深深地陷入激动人心的回忆，那是谁也无法分享的。

我隐约回想起埃米后来提出玩看图猜字，于是我们玩起来，也就是说，真正意义上的玩。她很快就后悔了，改变了自己原先的看法，用图像来表意，日本人在这方面太强了！总是三个日本人赢，我在兴奋地消化食物，美国人输了，气得大叫。她庆幸有我在场，因为我玩得比她更差。每当轮到我时，我便在纸上画些类似薯条的东西。

"快呀！"她大叫。那三个小伙子越来越难掩饰自己的狂喜。

那天晚上玩得非常开心，完了伦理又开车送我回住处。

＊　＊　＊　＊

　　下一堂课，我发现他的举止变了：他对我说话时，更多是把我当作朋友而不是老师。我感到挺高兴的，况且这样也有利于他的进步：他不那么害怕开口了。不过，这也让我在接过装着讲课费的信封时感到越来越不好意思。

　　分手时，伦理问我为什么老是选在表参道的这家咖啡馆见面。

　　"我来东京还不到两周，不熟悉其他咖啡馆。如果您知道有别的好咖啡馆，不妨向我推荐。"

　　他回答说他会开车来接我。

　　在这期间，我报名的商务日语课开课了，同学当中有新加坡人、德国人、加拿大人和韩国人，他们都相信学会日语是成功的关键。班里甚至还有一个意大利人，但他很快就放弃了，因为他改不掉他的口音。

　　相比起来，德国人的发音缺陷（他们往往用 v 来代替

w）似乎可以原谅。我是唯一的比利时人，在生活中也往往如此。

周末，我第一次离开东京，坐火车前往一个叫作镰仓的小城，那里离首都只有一小时车程。我发现了一个静谧而古老的日本，激动得热泪盈眶。在瓦蓝瓦蓝的天空底下，沉重的括号形瓦顶和被冻僵了的空气在对我说，它们在等我，它们想我了，世界的秩序将因我的归来而恢复，我的统治将持续万年。

我总是有一种不切实际的诗意幻想。

周一下午，白得耀眼的奔驰轿车向我打开了车门。

"我们去哪儿？"

"去我家。"伦理说。

我无言以对。去他家？他疯了。他应该早些通知我的。一个如此有教养的日本人竟做出这样怪异的事！

也许我的预感是对的，他是黑帮的人。我仔细察看他的手腕，外套的袖口下会露出刺青吗？他刮得光光的后脖颈，意味着要服从什么？

车子开了很久之后，我们来到了田园调布的一个豪华住宅区，东京的财富人都集中在那里。车库的门认出了车子，自动拉了起来。从这屋子来看，日本从二十世纪六十年代起就有了现代化的全套设施。屋子四周是两米宽的花园，绿色的护城河围绕着这座方形的水泥城堡。

他的父母出来迎接我，管我叫老师，这让我忍不住想笑。他父亲像是一件当代艺术品，很美，但难以理解，身上挂满了白金珠宝首饰。他母亲就显得平常多了，穿着高级而端庄的衣服。他们给我端来绿茶，然后很快就消失了，以免影响我的教学质量。

在这样的环境下该如何表现呢？在这种"外星基地"里，我不打算让他重复"鸡蛋"这个词。他为什么要把我带到这个地方来？有没有意识到这个地方会对我产生什么影响？显然没有。

"您一直住在这里？"

"是。"

"很漂亮。"

"不。"

除了是和不，他不知如何作答。不过，这也没什么错。不管怎么说，这住所还是很简单的。无论在哪个国家，一个如此富有的家庭一定会住在宫殿里。但相对于东京的生活水平，比如说他的朋友原的公寓，这样的一座别墅，它的面积、外观和安静足以让人惊讶。

我继续讲我的课，尽量不再谈论这屋子，也不谈他父母。然而，一种不舒服的感觉挥之不去。我感到有人在偷窥我。真是病态！他父母已经太优秀了，他何必来上这样的课打发时间？

慢慢地，我发觉伦理也跟我一样产生了同样的怀疑。他警觉地看着周围。这座水泥城堡里有幽灵出没？他做了个手势打断我的话，然后踮着脚，蹑手蹑脚地向楼梯间走去。

突然，他发出一声大叫，我看见从那里蹦出一个老头和一个老太婆，如同一个盒子里的两个魔鬼。他们大笑着，看见我，他们笑得更欢了。

"老师，我向您介绍我的外公、外婆。"

"老师！老师！"两个老人尖叫着，好像觉得我既像个老师，又像只可以伸缩的长号。

"夫人，先生，你们好……"

我的任何语言和动作都会让他们大笑不已。他们做着鬼脸，拍着外孙的背，然后又拍拍我的肩，甚至用我的杯子来喝茶。老太太摸了摸我的额头，说："多白啊！"她笑弯了腰，她丈夫也学她的样子。

伦理笑着看着他们，一直很平静。我想，他们一定受着衰老之苦，还能疯成这样，真是了不起。过了十几分钟，我的学生向他的长辈们弯下腰，请他们回房间休息，因为做了这样的活动之后，他们一定累了。

两个可怕的老人终于同意了，并非完全不在乎我的态度。

我一点都听不懂他们的话，但又似乎明白他们的意思。他们走了之后，我不解地望着伦理，但他一言不发。

"您的外公、外婆很……特别。"我说。

"他们老了。"伦理小心翼翼地回答。

"他们出了什么事？"我追问道。

"他们老了。"

我们绕不出这个圈子，改变话题是要费很大力气的。我发现他有套 B&O[1] 音响，便问他在听什么音乐。他跟我谈起了坂本龙一[2]。慢慢地，上课接近了尾声。我觉得这课就像没上一样。接过装着报酬的信封时，我想，这可不是我偷来的。他默默地开车送我回了家。

我打听了一下，得知这种现象在日本很普遍。在这个国家，人必须一辈子规规矩矩，结果往往到了晚年会栽跟头，

1 Bang & Olufsen，铂傲，世界顶级视听品牌，1925 年创立于丹麦斯楚厄（Struer）。

2 坂本龙一，1952 年生，日本音乐家、作曲家、唱片制作人。

做出些荒唐的事来，不过根据传统，他们的家人会来承担责任。

　　我觉得这有点悲壮。但到了晚上，我噩梦连连，梦见伦理的外公、外婆扯着我的头发，大笑着拧我的脸蛋。

* * * *

　　当一尘不染的奔驰轿车又殷勤地来接我时，我犹豫着是否要上车。

　　"去您家？"

　　"是的。"

　　"您不担心打搅您父母，尤其是您外公、外婆？"

　　"不担心。他们旅行去了。"

　　我在他旁边的座位上坐下。

　　他一言不发地开着车。我希望这时候不要聊天，不要让大家有一丝不安，这样可以让我好好地看看这座城市，有时也扫一眼我这个学生的侧影。他几乎一动不动，让人难以置信。

　　到了他家，他给我泡了绿茶，他自己却喝可乐。这一细节让我感到很有趣，因为他甚至都没有征求我的意见。日本人很讲究礼节，一个外国女人自然会喜欢那种日式细腻，可他对那套东西厌烦透了。

　　"您家人去哪里旅行了？"

　　"名古屋。我外公、外婆住在那个城市。"

　　"您有时也去那里？"

　　"不去，那是个令人烦闷的地方。"

　　我喜欢他直来直去的回答。他告诉我说他的爷爷、奶奶已经不在了，这消息让我松了一口气：这么说，在这个世界上只有两个可怕的"魔鬼"。

　　出于好奇，我斗胆提出想参观一下这座房子。他没有反对，领着我穿过迷宫似的一个个房间和一段段楼梯。厨房和浴室高度自动化，其他房间却很简单，尤其是他的房间，一张硬板床，床边是书架。我看了看书名，《开高健[1]作品全集》，开高健是他最喜爱的作家。还有司汤达和萨特的著作。我知道日本人喜欢萨特，觉得他充满了异国情趣——讨厌被海水冲刷得很光滑的卵石，这与日本人的态度截然相反。这个作者引起了他们对异域的向往。

　　看到司汤达的书，这让我高兴，但更让我惊讶。我对他说，

---

1 开高健（1930—1989），日本作家，主要作品有《恐慌》《巨人与玩具》《夏天的阴翳》等。

这是我最崇拜的神之一。他变得温和起来，我看见他露出不曾有过的微笑。

"很有味道。"

他说得对。

"您读书很多。"

"我觉得我在这张床上看书度过了一生。"

我激动地看着这个床垫，想象着我的这个学生手里捧着书，穿越了时空。

"您的法语进步很快。"我说。

他展开手掌，指着我，作为解释。

"不，我不是那样的一个老师。这全靠您自己。"

他耸耸肩。

回来的路上，经过一家博物馆。他指着一幅广告，我不认识上面的字。

"您想参观这个展览吗？"他问我。

我想去看一个我一无所知的展览吗？是的。

"我明天下午来接您。"他说。

我不想知道自己将看到什么，无论是绘画、雕塑，还是其他什么东西的回顾展。永远应该这样去看展览：出于偶然，完全不知道是什么展览。有人愿意向您展示某样东西，这才是唯一有价值的东西。

第二天晚上，我对展览的内容并没有了解更多。有些画作，也许是现代作品，但我不敢肯定；还有一些浮雕，我难置一词。我很快就发现好戏在大厅里。最吸引我的，是东京的民众，他们恭恭敬敬地站在每幅作品前面，久久地欣赏，十分严肃。

伦理也跟他们一样。我最后终于忍不住问：

"您喜欢吗？"

"我不知道。"

"您感兴趣吗？"

"不怎么感兴趣。"

我大笑起来。人们不安地看着我。

"如果您感兴趣，那会怎么样？"

他没听懂我的问题，我也没有追问。

走出博物馆时，有人在发放广告单。我看不懂，但我欣赏大家都虔诚地接过广告单，认真阅读的样子。

伦理一定是忘了我几乎不懂表意文字，因为他读了广告单后，指着它，问我是否想去那里。没有什么比陌生的东西更有吸引力了。我高兴地同意了。

"那我后天晚上来接您。"他说。

想到我们不知道是去看反核示威、录像机遇剧[1]还是舞踏[2]表演，我就激动万分。不知道该穿什么衣服，我便找了一件极其中性的衣服。我敢打赌，伦理会穿他平时穿的衣服。果然，他的打扮还是老样子。我后来发现，他带我去参观的是一个画展的开幕式。

这是一个日本艺术家，我有意忘了他的名字。我觉得他的画讨厌极了，但观众们仍对他的画毕恭毕敬，表现出他们典型的巨大耐心。如果画家不是如此令人痛苦地出现，这样的夜晚可能会让我向这些人妥协的。我很难相信那个差不多五十五岁的男子也是日本人，他是那么可憎。许多人前来向他祝贺，甚至向他买一两幅贵得不得了的画。

他轻蔑地打量这些人，也许把他们当作必需而又讨厌的东西。

我忍不住走过去对他说：

"对不起，我看不懂您的画。您能给我解释一下吗？"

"没有什么需要看懂的，也没有什么好解释的，"他厌恶地回答说，"自己去体会就行了。"

---

1 源自美国的一种戏剧，要求观众积极参与，演员就偶然发生的事件自由发挥。
2 现代舞的一种形式，为日本舞蹈家土方巽和大野一雄所创，企图破坏西方对于表演、动作和肢体的传统美学观点，追求肉体之上的心灵解放和自由。

"一点不错，可我什么都体会不到。"

"活该您倒霉。"

我认为他说得对。事后，我觉得他的话很有道理。从这个开幕式中，我得出了一个结论，当然，这对我来说并没有什么用：如果有一天我成了画家，不管有没有才能，我都要到东京去展出。日本的观众是世界上最好的观众。而且，他们还买画。撇开钱不说，对一个作者来说，看到自己的作品受到如此重视，那是多么美好的事情！

*   *   *   *

下一堂课，伦理让我给他讲讲"您"的用法。我很惊讶，一个使用被证明是最有礼貌的语言的人竟然不知道这一点。

"是这样。"他说，"不过，比方说，我们之间用'您'来称呼，这是为什么？"

"因为我是您的老师。"

他接受了我的解释，没有皱眉头。我思考了一下，然后补充说：

"如果您觉得不妥，我们以后可以以'你'相称。"

"不，不。"他很尊重这一他似乎已经习惯的用法。

于是我就讲了一些比较普遍的用法。最后，他给我信封的时候，问是否可以在周六下午来接我。

"去哪儿？"我问。

"玩。"

我喜欢他的这种回答，同意了。

　　我自己也在听课，想尽量提高自己的日语水平。我很快就成了一个不受欢迎的人。每当有什么细节不明白，我就毫不犹豫地举手。看到我举起我的手臂，每个老师都差点得心脏病。我想，他们都不说话，是为了让我说话，让我勇敢地提出问题，然后他们再用极其不满的方式回答我的问题。

　　这种情况一直持续到某天，一个老师看到我又举起手臂，马上就大叫起来，粗暴极了：

　　"够了！"

　　我惊呆了，所有同学都盯着我看。

　　下课后，我去向老师道歉，尤其想知道我错在哪里。

　　"不要向老师提问题。"

　　"如果我不懂呢？"

　　"您会懂的！"

　　我这才明白为什么语言教学在日本那么畸形。

　　有一次，老师让学生们介绍自己的国家。轮到我的时候，我清楚地意识到自己的情况太复杂了。每个同学都说了一个大家都知道的国家，只有我必须解释我的国家处在哪个大陆。我很懊恼班里有德国同学，否则我可以胡乱说些什么，拿出大洋中某岛屿的明信片，介绍其野蛮的风俗习惯，就像我向老师提问题一样。但我必须做一个中规中矩的介绍。介绍期间，我看见新加坡的同学一个劲地剔着金牙，让我非常难受。

周六下午，那辆奔驰轿车似乎显得比平时更白。

我得知我们要去箱根。我对那地方一无所知，便向他打听。伦理支支吾吾了一会儿，然后说我很快就会知道的。路途似乎非常漫长，有许多收费站。

我们终于来到了一个巨大的湖，四周有山和漂亮的鸟居[1]。人们来此乘船或坐脚踏浮艇游一圈，这让我忍不住想笑。箱根是讲情调的东京人周日散步的好地方。

我们坐着一艘汽船似的船劈波斩浪。我发现一些日本家庭一边欣赏美景，一边替孩子擦屁股；情侣们则穿着漂亮的衣服，手拉着手。

"您有没有带您的女朋友来过这里？"

"我没有女朋友。"

"以前有过吗？"

"有过，但我没带她来过这里。"

这么说，我是第一个有幸来到这里的女朋友——也许因为我是外国人。

---

1 一种外形类似中国牌坊的日式建筑。

　　船上，高音喇叭在播放着爱情歌曲。我们看到了鸟居，旁边有个中途停靠站，便下船按规定的路线诗意地散着步。人们成双成对地在专门为此准备的地方停下来，透过鸟居，激动地看着湖上的景色。孩子们尖叫着，好像在告诉恋人们，未来是多么浪漫。我看得非常开心。

　　游船之后，伦理给我买了一支雪糕：我喜欢这种尖尖的雪糕，上面浇着糖浆，咬起来脆脆的，长大后我就再没吃过这东西。

　　回来的路上，我在想他为什么带我去箱根。当然，我很喜欢这种典型的远足，可是他为什么想让我去参观那个地方呢？也许，是我自己想得太多了。他之所以这样做，是因为礼节上要求这样做。日本人比世界上任何其他国家的人都讲究这一点。这样挺好。

＊　＊　＊　＊

　　我感到伦理在等我邀请他去我家。这是最起码的礼貌——
他已经邀请我去他家那么多次了。

　　然而，我断然拒绝了。随便带人回家，这对我来说永远
是一场可怕的考验。

　　究竟为什么，我也说不清楚，可我家里不是百货公司。

　　一到独立的年龄，我所住的地方就好像成了政治避难者
的藏身之处，警察一靠近，他们立即作鸟兽散。

　　三月初，我接到克里斯蒂娜的一个电话。她要回比利时
一个月看望母亲，请我在她不在期间住在她的公寓里，给绿
色植物浇浇水。我同意了，去了她家。我简直不敢相信自己
的眼睛：她住在东京的前卫地区，一座未来世界感的大楼中
的一间高级公寓，面向着众多未来主义的建筑。我目瞪口呆，
听克里斯蒂娜向我介绍各种设施的用法——一切都是电脑控
制的。绿色植物如同史前遗迹，其唯一作用是让我以之为借口，

在这座宫殿里住上一个月。

我焦急地等待克里斯蒂娜离开，好搬到这个星际旅行基地来。毫无疑问，这不是我的家。每个房间里都有遥控器，用来点播音乐，也可以用来调节温度和周围的一切。我可以躺在床上指挥微波炉做饭，开动洗衣机，拉上客厅的窗帘。

而且，大楼位于市谷，离三岛由纪夫自杀的那个兵营只有"一箭之遥"。我觉得自己住在一个极其重要的地方，不停地在公寓里走来走去，听着巴赫的音乐，发现钢琴的声音与这神幻的都市全景和过于湛蓝的天空十分匹配，好不神奇！

厨房里，智能面包炉发现时间到了，便开始烤起面包来。这时，我听到了悦耳的铃声。我可以根据电器的指示信号自己编排音乐会的节目。

我只把这地方的电话号码告诉了一个人，他马上就打电话过来了。

"公寓怎么样？"伦理问。

"对您来说也许很正常，但对我来说，真是难以置信。下周一您到这里来上课就会知道的。"

"周一？今天才周五，周一太远了。我能今晚就来吗？"

"来吃饭？我可不会做饭。"

"我全包了。"

我找不到任何借口来拒绝他，况且，我也希望他来。我的学生第一次这么大胆。毫无疑问，克里斯蒂娜的公寓起了一定的作用。一个中性的地方，会改变格局。

晚上七点，我看见伦理的脸出现在内部电话的屏幕上，便给他开了门。他提着一个全新的手提箱。

"您要出门旅行？"

"不，我到您这里来做饭。"

我带他参观房间，他并没有像我那么惊讶。

"不错。您喜欢瑞士火锅吗？"

"喜欢啊！什么意思？"

"太好了。我带来了材料。"

我应该会慢慢地发现，日本人在这方面非常讲究，生活中的任何活动都有专门的器材：登山器材、出海器材、打高尔夫球的器材等。今晚，是做瑞士火锅的器材。伦理家里有一个房间，里面整整齐齐地放着一些手提箱，各种用途的器材分门别类。

我都呆住了。伦理当着我的面打开了专业手提箱，我看见里面井井有条地放着一个气体火炉、一口有柄的不粘锅、一塑料袋奶酪、一瓶防冻白葡萄酒和一些防腐的烤面包条。

他把这些了不起的东西都拿出来放在有机玻璃桌上。

"可以开始了吗？"他问。

"可以。我急着想看。"

他把奶酪和白葡萄酒倒在不粘锅里，点着气体火炉，奇怪的是，火没有往上走。当这些东西混合在一起，发生各种化学反应时，伦理从手提箱里拿出好像是蒂罗尔[1]出产的碟子、长餐叉和"用来装剩下的酒"的高脚杯。

我跑到冰箱那儿去找可乐，心想这东西配瑞士火锅一定很好。我在高脚杯里倒满了可乐。

"都做好了。"他说。

我们勇敢地面对面坐在一起，我冒险地用叉子叉起一截防腐面包，把它浸在火锅里，然后把它捞出来。我惊讶地发现，面包上马上出现了许多神奇的丝。

"就是这样，"伦理自豪地说，"这样能搞出很多丝来。"

正如大家所知道的那样，搞出丝来是瑞士火锅的真正目的。我把这东西放在嘴里嚼，一点味道都没有。我明白了，日本人喜欢吃瑞士火锅有一定的游戏因素，他们创造出一种新的吃法，消灭了这一具有历史传统的美食的唯一神奇之处：

1 奥地利地名。

味道。

"太好吃了。"我说，想忍住不笑。

伦理感到热了，我第一次看到他脱掉了那件黑色的鹿皮外衣。我去找辣椒酱，并找理由说，在比利时，大家吃瑞士火锅时都要配红辣椒。我把一截面包头放进滚烫的奶酪里，弄出无数细丝，然后把这块黄色的东西放在碟子里，浇上辣椒酱，希望这样会有些味道。我这样做的时候伦理一直盯着我看，我敢打赌，我从他眼里看出了这样的意思："比利时人真是怪！"秃子笑和尚。

很快，我就厌倦了这种现代火锅。

"哎，伦理，你跟我说说话。"

"啊，您用'你'称呼我！"

"当人们一起分享这么好吃的火锅时，可以用'你'相称。"

奶酪一定还在我的脑海里膨胀，我的大脑把这种膨胀归纳为疯狂的试验。当伦理绞尽脑汁没话找话的时候，我已经吹灭了炉中的火。这动作让这个日本人大吃一惊。我把剩下的防冻白葡萄酒都倒进火锅，让它凉下来，然后把双手伸进黏糊糊的火锅里。

我的客人发出一声惊叫：

"您为什么要这么做？"

"我想看看。"

我把手从火锅里抽出来，高兴地看着沾在手上的奶酪丝。一层厚厚的奶酪包住了我的双手，就像一双手套。

"您怎么洗掉它？"

"用水和肥皂。"

"不行的，太黏了。锅是不粘锅，但您的手不是。"

"这正是我想试的原因。"

确实，水龙头里流出来的水和肥皂根本洗不掉我的"黄手套"。

"我用菜刀刮刮看。"

伦理恐惧地瞪大眼睛。我在他的注视下开始实施计划。该发生的都发生了：我割伤了手掌，血从包着手的奶酪里面涌出来。我把伤口放在嘴边，不想把那地方变成犯罪现场。

"请让我帮您。"伦理说。

他跪下来，抓住我的一只手，开始用牙齿刮。这也许是最好的办法了，但看到这个骑士跪在一个女士面前，小心地抓住她的手指，啃去上面的奶酪，这太好笑了。从来没有人这样对我献过殷勤。

伦理并没有泄气，他把我手上的奶酪全都啃掉才罢休。他啃了很长时间，在这过程中，我的情形说多怪就有多怪。

接着，这个追求完美的手工艺者又把我的手指放在洗碗池里，用洗涤剂和粗海绵清洗。

当这道工序完成之后，他又仔细端详着被他抢救出来的东西，大大地松了一口气。这个插曲对他来说就像是一种精神净化，他用双臂搂住我，不再松开。

　　第二天早上，我醒来时感到双手干裂，疼得要命。我涂了些药膏，想起了昨晚的事情。这么说，床上有个男人。该采取什么策略？

　　我把他从睡梦中唤醒，十分温柔地对他说，根据我的国家的传统，男人必须在天亮前离开。我们已经晚了，因为太阳都升起来了。不过，两个国家之间有时差。然而，我没有滥用这一理由。伦理问，根据比利时的习惯，我们是否可以再见面。

　　"可以。"我回答说。

　　"那好，我明天下午三点来接你。"

　　我高兴地发现，关于如何使用"您"和"你"，我的教学已经得到了成果。他彬彬有礼地向我告辞，然后提着瑞士火锅手提箱离开了。

　　他一走，我马上就感到了巨大的快乐。我回忆起发生的事情，又惊又喜。最让我感到惊奇的，不是伦理的种种怪举，而是这一荒谬到极点的事情：我在跟某个可爱而迷人的人打交道。他在任何时候都没有在语言或行为上冲撞过我。我都不知道竟然还有这样的事情。

我给自己冲了一大壶浓茶，大口地喝着，看着窗外的市谷兵营。今天上午丝毫不想剖腹自杀，而是极想写东西。但愿东京能躲过这一冲击波：该看到的自然会看到的。我扑向白纸，坚信大地会发生震动。

奇怪的是，地震并没有发生。我所处的这个地区，大地这么平静实属异常，也许是因为当今的生活太美好了。

有时，我会停止写作，透过玻璃窗洞察东京，心想："我和这里的一个家伙有了关系。"我愣住了，然后继续写作。一整天都这样度过。这样的日子真是美好极了。

第二天，奔驰轿车又准时到达，就像它车身的颜色，永远不变。

但伦理变了，他开车时的侧影不再那么静止且面无表情，而一种巨大的尴尬让他一直没有说话。

"我们去哪儿？"我问。

"你会知道的。"

这一回答将成为他的经典之一。目的地不管是壮观还是神秘，我的问题最多只能得到这样的回答："你会知道的。"杜韦拉，就是这个男人的基西拉岛[1]，一个会移动的地方，它的唯一用途是给汽车指引方向。

这个周日的"杜韦拉"选择了东京的奥林匹克公园作为目的地。我觉得这主意不错，因为它具有纪念意义，但对我来说没有意义：因为哪怕是在最高贵的旗帜下，竞技也无法激起我的热情。我拿出热情不高的人所具有的最大礼貌，参观着体育场馆和设施，听伦理详细介绍，但我只关心他的法语有没有进步：在奥林匹克外语竞赛上，他是否能获得金牌。

我们绝不是在围着运动场散步的唯一情侣（借用一下这个用俗了的词吧）。我很喜欢苦难之中的"必由之路"：这个国家的传统让一日夫妻或终生夫妻拥有某种基础设施，免得他们绞尽脑汁，不知去哪里打发时间。这就像是一个社会游戏。您想送某人上天堂或下地狱？不用花两小时去想究竟怎么办，把他带到"大富翁[2]"棋盘桌上。为什么？您会知道的。

---

1 希腊岛屿，在文学作品中常被喻为爱情和欢乐的天堂。"杜韦拉"为法语"Tu verras"（你会知道的）的汉语音译，此处为作者玩的文字游戏。

2 "大富翁"（Monopoly），又叫"地产大亨"，是一种桌游。游戏者通过竞争获得土地、房产，达到垄断地位。

　　"杜韦拉"是最好的哲学。我们在一起做些什么好、去哪里好，伦理和我毫无主张。我们以参观一些没多大意思的地方为借口，怀着善意的好奇琢磨对方。开始玩日本的"大富翁"了，我很高兴。

　　伦理拉着我的手，如同每对情侣在散步时所做的那样。来到领奖台前面的时候，他对我说：

　　"这是获奖者站的台子。"

　　"啊。"我回答说。

　　来到游泳池前，他对我说：

　　"这是游泳池。"

　　"真是个游泳池。"我十分严肃地回答说。

　　我不想跟任何人交换位置。我太开心了，不断有新的发现，为了听到"这是拳击场"，便径直朝拳击场走去，等等。这种"指鹿为鹿"让我感到很好玩。

　　傍晚五点，我像当地的大多数情人一样，得到了一支石榴雪糕。我美美地把色彩斑斓的冰碴咬得咔咔响。看到周围慷慨的男士都得到了情意绵绵的感谢，我也毫不吝啬地谢了他。我重复着周围女子的回答，我喜欢这种感觉。

　　夜幕降临了，天凉了起来。我问"大富翁"今晚有什么安排。

　　"什么？"他没听懂。

为了不让他尴尬，我请他到克里斯蒂娜家里去。他显得很高兴，松了一口气。

要说"杜韦拉"，再也没有比在东京这座完美的大楼里更神奇的了。我一开门，就听到了巴赫的音乐。

"是巴赫。"我说。

轮到我这样说了。

"我很喜欢。"伦理说。

我向他转过身，用手指着他说：

"是你。"

有了爱情之后，便再也没有规矩了。我在枕头上发现了某个人。他久久地看着我，然后说：

"多么漂亮你。"

这是蹩脚地译成法语的英语，我都不知道该如何纠正，从来没有人觉得我漂亮。

"日本的女人要漂亮得多。"我说。

"这不是真的。"

他缺乏鉴赏力，我很高兴。

"跟我讲讲日本女人。"

他耸耸肩，我一定要他讲。他最后终于说：

"我没办法跟你解释。我不喜欢她们，她们不是真正的自己。"

"我也可能不是真正的自己。"

"你是。你在这儿，你存在，你在看。而她们呢，她们总是在想自己是否讨人喜欢，总是想着自己。"

"大部分西方女人也同样。"

"我和朋友们都觉得，对那些女孩来说，我们就是镜子。"

我把他当镜子，假装照镜子。

他笑了。

"你经常和朋友们谈论女孩？"

"不经常，挺难为情的。你呢，谈论男孩？"

"不谈。这是私下的秘密。"

"日本的女孩则相反。和男孩在一起，她们害羞得要死，然后把一切都告诉自己的女友。"

"西方的女孩也一样。"

"你为什么这样说？"

"为了捍卫日本女人。当一个日本女人应该不容易。"

"当一个日本男人也不容易。"

"当然。你讲讲。"

他没有说话，呼吸急促。我发现他的神色变了。

"五岁的时候，我像其他孩子一样，要考试进入最好的小学。如果成功了，将来有一天，我就有可能进入最好的大学。五岁的时候我就知道这一点了，但我没有成功。"

我发现他的身体颤抖起来。

"我的父母什么都没说。他们很失望。父亲五岁时也考过，他过关了。我等到天黑，哭了一场。"

他号啕大哭起来，我把他搂在怀里，情绪受到感染，自己也伤心起来。我听说过日本的这种可怕的选拔，它让孩子们早早就意识到这种考试的重要性。

"我五岁的时候，就知道自己没那么聪明。"

"不对。五岁的时候，你就知道自己没有被选中。"

"我感觉到父亲在这样想：'问题不大。他是我儿子，他可以接替我。'我开始感到耻辱，这种耻辱感一直没有消失过。"

我把他搂在怀里，轻声地安慰他，说他很聪明。他久久地哭着，然后睡着了。

晚上，我凝视着这座城市。每年，在这座城市里，大多数五岁的孩子都知道他们的一生已经毁了。我仿佛听到他们的哭声在耳边回响。他们哭成一片，泪流满面，哭得上气不接下气。

好在伦理有个好父亲，伦理没有落得跟他们一样的下场，但代价是用耻辱来换取痛苦。其他考试失败的孩子，他们小小年纪就已经知道自己最多只能成为企业的炮灰，就像以前成为军队里的炮灰一样。那么多日本青少年自杀，让人触目惊心。

* * * *

克里斯蒂娜三周以后才回来。我向伦理建议说，应该充分利用她的公寓。她一回来，"大富翁"游戏便将重新开始。伦理听了以后很高兴。

无论是爱情还是别的，基础设施是最重要的。

我透过玻璃窗，看着市谷的兵营，问伦理是否喜欢三岛由纪夫。

"相当不错。"他回答说。

"你让我感到惊奇。有的欧洲人信誓旦旦地对我说，那是一个外国人更喜欢的作家。"

"日本人不太喜欢他的个性，但他的作品很出色。你的欧洲朋友告诉了你一件奇怪的事情，因为他的作品只有日语才美。他的句子如同音乐。怎么翻译？"

听到这话，我很高兴。由于我现在还看不懂起码的表意文字，我便请他给我人声读读三岛由纪夫的作品。他欣然同意。

听到他对我说起《禁色》，我不禁颤抖起来。我什么都不懂，从文章的标题开始。

"为什么'禁色'？"

"在日语里面，颜色可以是爱情的同义词。"

长期以来，日本立法禁止同性恋。颜色与爱情的这种等同是多么有趣。伦理在这里触到了一个敏感的问题。我从来不谈论爱情。他经常提起这个问题，我便设法改变话题。我们用望远镜看着窗外盛开的日本樱花。

"根据习俗，我应该在夜晚的樱花树下喝着清酒给你唱歌。"

"去呀！"

我们来到离公寓最近的一棵樱花树下，伦理给我唱起了小曲。我笑了，他生气了：

"我在想自己所唱的东西。"

我一口喝光清酒，以掩饰自己的尴尬。樱花很危险，让这个年轻人变得多愁善感了。

回到充满高科技的公寓，我感到自己安全了。错了。他跟我说了一些甜言蜜语，把我抬得像这栋楼一样高。我壮着胆子，默默地听他说。幸运的是，这个小伙子接受了我的沉默。

我很喜欢他，但这话不能对自己的情人说，很遗憾。对我来说，非常爱他，那是很难得的事。

他让我感到很幸福。

每次见到他我总是很高兴。我对他充满了友谊和感情。他不在的时候，我会觉得缺少了什么东西。这就是我对他的情感方程式。我觉得这个故事十分美好。

所以，我十分害怕他说他爱我，并一定要我回答，或者更糟，要我也爱他。在这方面，撒谎是一种痛苦。我发现，我的恐惧并没有依据。伦理只要求我听他说话。他做得太对了！听别人说话，这是很不容易的。我满腔热情地听他说话。

我对这个小伙子的感情在现代法语里没有恰当的词可以形容，但在日语里面有，koi 这个词就很恰当。在古代法语里，koi 可以翻译成"合意"。他是我的 koibito，也就是说他是和我有着同样爱好的人，跟他在一起合我的意。

在现代日语里，所有未婚的年轻伴侣都把对方称作 koibito，一种发自内心的害羞使人把"爱情"这个词排除在外。除非是意外，或者是感情热烈得到了极点，一般来说，人们不会用这个这么大的词，只有在文学作品或者是类似的东西里它才会出现。我应该是遇到例外了，只有这个日本人不嫌弃这个词，也不讨厌它固有的方式。不过，这种古怪也许是

外来语言造成的。这样一想，我也就放心了。伦理向一个讲
法语的女孩表白爱情，不管是用法语还是用日语，都是一样的：
法语也许更适合表现这个既庄严又情色，可能还伴有一些难
以启齿的感情的领域。

爱情是一种十分法国化的感情冲动，别的国家的人很难
在这方面有什么新创造。不说那么远，我承认法语在表达爱
情方面太有才了。也许可以这么认为，伦理和我都爱上了对
方语言中的精华：他喜欢用"爱情"这个词，陶醉于这个新词，
我则喜欢用 koi 这个词。这说明我们俩是多么开放，深深地爱
上了彼此的文化。

但 koi 也有一个缺点，就是它与"鲤鱼"这个词同音，而
鲤鱼是唯一让我感到讨厌的鱼类。幸亏，这一巧合与别的事
情无关：在日本，鲤鱼是男孩的象征，我对伦理的感情不会让
人联想到那种嘴脏脏、身体胖胖、老是沉在淤泥里的鱼。相反，
koi 轻松、流畅、清新，没那么严肃，让我感到非常喜欢。它
优雅、有趣、滑稽、文明，其最迷人的地方之一，是能够滑
稽地模仿爱情。它拥有爱情的某些态度，但不是为了表露什么，
而是真的想开个玩笑。

不过，我竭力掩饰自己的喜悦，免得伤害伦理。他缺乏爱
情的幽默。我怀疑他知道我对他的情感是友谊而不是爱——

这个字太美了，不能用它，我有时感到很遗憾。如果说他没有伤心，也许是因为一开始就已经意识到了：他应该已经明白，他是我的第一个 koi，我也是他的第一个 koi。因为，如果说我已经恋爱过好多次，那么我还从来没有对哪个人产生过 koi。

koi 和 "爱" 这个字之间，没有程度上的差异。它们水火不容。你会爱上你 koi 的人吗？不可思议。你会爱上自己无法忍受的人，爱上极其危险的人。叔本华认为，爱情是人类的繁殖的本能所使用的诡计，我不知道这一理论使我产生了多大的恐惧。我把爱情当作为了不杀死别人而本能地使用的诡计。当我想杀死一个目标已完全确定的人时，一种神秘的机制——免疫反应？渴望无辜？害怕进监狱？——会使我在这个人周围手脚瘫痪。所以，据我所知，我还没有杀过人。

杀死伦理？多么残忍的念头，极其荒诞！杀死一个如此温柔、在我心头唤起美好情感的人？而且，我没有杀死他，这就证明完全没有这个必要。

写一个谁也不想杀人的故事，这并不平庸。一个关于 koi 的故事应该就是这样的。

* * * *

　　做饭是伦理的事。他的厨艺很差，但比我好一点。过于人道的人往往这样。克里斯蒂娜家里先进的家用电器派不上用场，真是很可惜。他让人怀疑在做一种叫"卡尔博纳拉"的意大利面酱——这种历史悠久的面酱到了他那里，便是把一九八九年在世界上能找到的所有油腻的东西按比例混杂在一起。日本菜很清淡，这是众所周知的。在这一点上，我不排除这一假设：这是在找借口摆脱文化压迫。

　　我没有对他说这是白费劲，而是说我喜欢刺身和寿司。他做了个鬼脸。

　　"你不喜欢吗？"我问他。

　　"喜欢，喜欢。"他很有礼貌地说。

　　"做起来一定很难。"

　　"是的。"

　　"你可以到店里去买。"

"你真的想吃？"

"如果你不喜欢，为什么还要说喜欢？"

"我喜欢。不过，吃那些东西的时候，我总感到那是在举行家宴，外公、外婆都在场。"

这是一个理由。

"而且，和他们一起吃的时候，他们老说这对身体有好处。太烦了。"他补充说。

"我明白，这会让人更想去吃一些不健康的东西，比如卡尔博纳拉意大利面。"我说。

"这种意大利面对健康有害吗？"

"你的做法完全是这样。"

"正因为这样才好吃。"

让他再做别的东西应该就更难了。

"我们是否再做一次火锅？"他建议说。

"不。"

"你不喜欢？"

"喜欢，但那是一种十分特殊的回忆，再做只能让人失望。"

最后，我总算找到了一个不失礼貌的借口。

"要不就做在你朋友家里吃过的日本烧？"

"好吧，那很容易。"

我得救了。这成了我们的保留菜。于是，冰箱里总是塞满了虾、鸡蛋、白菜和姜，桌上放着一纸箱酸李酱[1]。

"这种好吃的酱是从哪里买的？"我问。

"我家里存放了很多，是我父母从广岛带来的。"

"这就是说，如果吃完了，我们就得到广岛去买？"

"我从来没去过广岛。"

"太巧了。你在广岛什么也没见到。"

"为什么这么说？"

我对他解释说，我在滑稽地模仿一部法国经典电影。

"我没有看过那部电影。"他生气地说。

"你可以看书。"

"讲什么的？"

"我想最好还是不要说，你自己去看。"

* * * *

　　我们在一起时，总是待在家里。克里斯蒂娜很快就要回来了，我们恐惧地发现，我们就要离开这个在我们的关系中起着重要作用的公寓了。

　　"我们可以把门封死。"我建议道。

　　"你会这样做？"他很赞赏，但又有点害怕。

　　我希望他能相信我会搞出这样的恶作剧。

　　我们在浴室里度过了大把时间。浴缸就像一头挖空肚子的鲸鱼那么大，喷水孔朝里面去了。

　　根据传统习俗，在进入浴缸之前，伦理用洗脸盆把自己洗得干干净净——可不要弄脏高级浴缸里面的水。我不会向我觉得荒谬的做法低头。这就像把干净的毛巾放在洗碗池里，我把自己的观点告诉了他。

　　"也许你是对的，"他说，"但我无法不这样做。亵渎浴缸里的水，我做不到。"

"可亵渎日本食物你就没有问题。"

"事实就是这样。"

他说得对，每个人都有自己的反动堡垒。这无法解释。

鲸鱼浴缸有时让我觉得它在游动，想把待在它肚子里的人带回大海。

"你听说过约拿的故事[1]吗？"我问他。

"别说鲸鱼了，我们会吵起来的。"

"你可别告诉我你是吃鲸鱼的日本人之一。"

"我知道这不好。但如果说它的味道好，那并不是我的错。"

"我尝过，太难吃了！"

"是吗？如果你喜欢吃，你就不会震惊于我们的习惯做法。"

"可鲸鱼正在灭绝。"

"我知道，我们错了。你还想怎么样？当我想起鲸鱼肉的味道时，我就会流口水。我忍不住。"

他不是典型的日本人，所以他到处旅行，但独自一人，不带相机。

---

1 据《圣经》，约拿先知被抛到海里时，上帝安排一头大鲸鱼吞了他，他在鱼腹中待了三天三夜。

　　"有些事情我得瞒着别人。如果我父母知道我独自一人出门，他们会担心的。"

　　"他们觉得你会遇到危险？"

　　"不，他们担心我的心理健康。在这里，一个人如果喜欢独自旅行，那会被认为精神有问题。而在我们的语言当中，'独自'含有'失落'的意思。"

　　"可在你的国家里有著名的隐士。"

　　"没错。人们认为，如果喜欢孤独，就必须当和尚。"

　　"为什么你的同胞们到了国外那么夸张地成群结队？"

　　"他们既想看看与他们不一样的人，又想与自己的同胞待在一起，这样才放心。"

　　"为什么老是拍照？"

　　"我不知道。我很讨厌这样，尤其是他们到处拍人，也许是想证明他们并不是在做梦。"

　　"我从来没有见你带过相机。"

　　"我没有相机。"

　　"世界上有什么你就有什么，包括在宇宙飞船上吃瑞士火锅的炉子，你竟然会没有相机？"

　　"我真的没有，我对照相不感兴趣。"

　　"神了伦理！"

　　他问我这种说法是什么意思。我给他做了解释。他觉得这太奇特了，深深地喜欢上了这种说法，以后每天都要说上二十遍："神了阿梅丽！"

　　一天下午，天突然下起雨来，然后开始下冰雹。我透过大楼的窗户望着这一景象，说：

　　"瞧，日本也下冰雹。"

　　我听见他在我身后重复：

　　"冰雹。"

　　我明白了，他刚刚发现了这个词，眼前的情景使他懂得了这个词的意思，他说出来，是为了加深记忆。我笑了。他似乎知道我为什么笑，因为他说：

　　"神了我！"

＊　＊　＊　＊

　　四月初，克里斯蒂娜从比利时回来了。我厚道地把公寓还给了她。伦理显得比我还受伤。以后，我们在一起，要更多地采取流浪的方式了。我并非完全不高兴，我有点怀念"大富翁"了。

　　我又去了水泥城堡。他父母不再叫我老师，这说明他们很敏锐。而他的外公、外婆总是叫我老师，这说明他们很邪恶。

　　当我和他们一起喝茶时，他父亲给我看一件他刚刚做好的首饰。那是一个很怪的项圈，既像是考尔德[1]的动态作品，又像是缟玛瑙项链。

　　"您喜欢吗？"他问。

　　"我喜欢黑色与银色的结合，很高雅。"

　　"送给您了。"

_____

1 亚历山大·考尔德（1898—1976），美国艺术家，其雕塑作品以抽象、动感著称。

伦理把它戴在我的脖子上，我非常困惑。当我单独和他在一起时，我问：

"你父亲送了我一个漂亮的礼物，我怎么才能还一个相应的礼物呢？"

"如果你送他什么，他会送你更多。"

"我该怎么办？"

"什么都别办。"

他说得对。为了避免没完没了的慷慨，除了勇敢地接受豪华礼品，没有别的办法。

在这期间，我曾回到自己的住处。伦理非常谨慎，没有让我邀请他去我家，却做了我刻意避免的事情。

他常常打电话来，尽量装出幽默的样子，这让我感到非常好笑，因为他原本是个严肃的人。

"你好，阿梅丽。我想知道你的健康情况。"

"非常好。"

"既然这样，你愿意见我吗？"

我大笑起来。他不明白这是为什么。

伦理有个十八岁的妹妹，在洛杉矶上大学。一天，他告诉我，她妹妹要来东京度几天假。

"我今晚过来接你，让你认识认识她。"

他声音颤抖，庄严得有点激动。我连忙准备，像是要迎接某件重大的事情。

坐在奔驰轿车里的时候，我转过身向坐在后座的女孩问好。她漂亮得让我不敢相信。

"阿梅丽，这是莉香。莉香，这是阿梅丽。"

她露出美丽的笑容，向我问好。她的名字很让我失望，但别的都很完美。这是个天使。

"伦理经常跟我说起你。"她说。

"他也经常跟我说起你。"我编造说。

"你们两人都在说谎，我可没有怎么说起过你们。"

"这倒是真的，他似乎从来没有说过什么。"莉香说，"他几乎没有跟我说起过你，所以我相信他爱你。"

"既然这样，他也爱你。"

"如果我跟你说英语，你不会见怪吧？讲日语，我的错误太多。"

"我可发现不了。"

"伦理老是纠正我，他希望我讲得一字不错。"

她远远超越完美。伦理把我们带到了白银公园，夜幕降临时，那地方十分荒凉，让人觉得是在某座神秘的森林里，远离了东京。

莉香拿着一个包下了车，然后把包打开，拿出一张丝绸桌布，铺在地上，又拿出清酒、酒杯和蛋糕。她坐在桌布上，然后请我们也坐下。她的优雅让我目瞪口呆。

当我们为这次相会而干杯的时候，我问她，她的名字是什么意思。她给我做了解释。

"香之国，"我大叫起来，"这太妙了，非常适合你。"

知道了她的名字在日语里的意思后，我就不再觉得它难听了。

加利福尼亚的生活使她变得比她哥哥开放。她衣着迷人，我倾听她的每一句话。伦理好像跟我一样着迷。我们看着她，就像看一种令人愉快的自然现象一样。

"好了，"她突然说，"现在，放烟花吗？"

"我来。"伦理说。

我云里雾里，不明白他们在说什么。伦理从后备厢里拿出一个手提箱，里面装着烟花。这个手提箱跟装瑞士火锅的那个手提箱一模一样。他把放烟花的器具都拿出来，放在地上，告诉我们说，马上就要开始了。很快，我们头顶的天空就在烟花声中变得五彩缤纷，星光灿烂。那女孩大声地欢笑着。

我赞叹不已。伦理当着我的面，向妹妹展示了对我的爱。

是展示，而不是证明。我从来没有感到离他这么近过。

当北极光似的烟花不再在我们头顶噼啪作响时，莉香遗憾地问：

"已经放完了？"

"还剩一些烟花棒。"伦理说。

他从手提箱里拿出几束烟花棒，一束束分发给我们。然后，他点燃一根，用这一根点燃所有烟花。每根烟花都旋转着喷出彩色的火光。

夜色让白银公园的竹子变得银晃晃的。荧黄的烟花在灰白色的天空中投掷出金光，那一串串星星让兄妹俩欣喜万分。我蓦然发现，自己是在跟两个互相爱慕的孩子在一起，这种想法让我非常激动。

他们允许我来到他们中间，这是怎样的礼物啊！这不仅是爱的表示，还是信任的表现。

噼噼啪啪的烟花终于熄灭了，但大家余兴未了。女孩高兴地赞叹道：

"真漂亮啊！"

我和伦理一样，很喜欢这个幸福的女孩。在这余韵未了的节日气氛中，和一个传奇般漂亮的女孩在一起，真有种奈瓦尔[1]的味道。奈瓦尔在日本，谁会相信？

　　第二天晚上，伦理带我到一家小饭店去吃中国面条。

　　"我喜欢莉香。"我对他说。

　　"我也是。"他很激动，笑着回答说。

　　"你知道，我们俩有一个奇特的共同点。我很喜欢我姐姐，她住得很远。她叫朱丽叶，离开她真让人肝肠寸断。"

　　我把我可爱的姐姐的照片给他看。

　　"她很漂亮。"他专注地看着照片说。

　　"是的。她不单是漂亮，而且人很好。我很想她。"

　　"我理解。莉香在加利福尼亚时，我想她想得厉害。"

　　看着眼前的面碗，我忧伤起来，对他说，只有他才能理解离开朱丽叶我是多么痛苦。我告诉他，有一种力量，总是把她和我联结在一起；我太爱她了，跟她分开的时候，我仿佛遭到了难以想象的强暴。

　　"我得回日本，但我必须经受这种撕心裂肺的痛苦吗？"

　　"为什么她不陪你一起来？"

　　"她喜欢住在比利时，她在那里有自己的工作。她不像

---

1 奈瓦尔（1808—1855），法国作家、诗人，其作品具有强烈的梦幻色彩，充满幻想。

我这样热爱你的国家。"

"莉香也一样，她不爱日本。"

像他妹妹那么可爱的人怎么可能不喜欢这个国家？我问伦理，他妹妹在加利福尼亚学什么，他回答说她学的专业很广。"事实上，她给一个姓张的人当情妇，那是一个中国人，在洛杉矶的下层社会影响很大。"

"你想象不到他多有钱。"他很失望地说，那样子十分有趣。

我愕然，不解地问自己，那个从天而降的天使怎么会跟一个黑帮头目混在一起？"别傻了，"我这样对自己说，"自古以来世界就是这个样子。"我仿佛看见莉香脖子上围着长毛围巾，穿着高跟鞋，挽着一个穿白色衣服的中国人的胳膊走在大街上。我大笑起来。

伦理默契地对我一笑。我们各自的姐妹出现在面汤里。我们的关系更密切了。

我在日语方面的进步让我吃惊，但没伦理的法语提高得那么快。他的法语水平简直是突飞猛进。

　　我们都充满热情地全身心投入其中。每当下大雨，伦理便会说：

　　"天下大雨，像牛拉尿。"

　　他的声音总是那么清晰，所以这话一经他的嘴说出来，就很有喜剧味道。

　　当他说起什么异乎寻常的事情时，我总是大笑着说：

　　"Nani wo shaimasu ka?"[1]

　　这话的意思也许无法尽善尽美地翻译出来，因为除了日本人，谁也不会使用这么典雅的说法，甚至现在连日本人也不再使用了。权可理解为："您说话竟然如此高雅？"

---

1 日语，意为"您说什么呀？"，贵妇人口吻，即日语的敬语。

他笑得直不起腰来。一天晚上，他父母请我到他们家的城堡里去做客，我想让他们大吃一惊。所以，伦理一说些什么让人惊讶的事情，我便大叫起来，让大家都听得到：

"Nani wo shaimasu ka?"

他父亲先是愣了一下，然后大笑起来。他的外公、外婆有些生气，轻声地责备我说，不能这样说话。等大家都沉默下来之后，他母亲微笑着对我说：

"你的脸如此富有表情，为什么还要费那么大的劲让大家都注意你？你永远不想成为大家闺秀吗？"

我深信她的彬彬有礼已经让我看出：这位女士不喜欢我。不单是因为我抢走了她的儿子，而且因为我是个外国人。除了这两桩罪，她似乎还在我身上觉察到了她更不喜欢的其他东西。

"如果莉香在这里，她会笑得眼泪都出来的。"伦理说，他没有注意到他母亲不友好的说话方式。

我以前学过英语、荷兰语、德语和意大利语。这些鲜活的语言对我来说总是这样：说它们的时候才能更好地理解它们。这是符合逻辑的：人们先是观察某种行为，然后才接受它。甚至在掌握这门语言之前，语言的直觉就已经在起作用了。

日语却恰恰相反：我的主动求知远远超过被动求知。只有在我说不清楚时，这种现象才会消失。有好多次，我成功地用这种语言表达出十分微妙的意思，以至于对方都以为我是日语语言学毕业的，所以也用同样高深的语句来回答我。我没有别的办法，除了逃跑，以掩饰我并没有听懂对方的话。如果无法逃脱，对方会如何回答、怎样继续跟我说话（其实是自言自语），那就难以想象了。

我就这一现象请教过语言学家，他们向我保证说，这是正常的："对于一门与您的母语如此遥远的语言，您无法产生语言直觉。"他们忘了我五岁之前一直讲日语。而且，我还在中国、孟加拉国等国生活过。在那些国家与在其他任何国家一样，我被动地使用语言远远超过主动使用。所以，对我来说，日语是一个真正的例外，我试图用命运来解释：在这个国家，被动对我来说是不可想象的。

躲得过初一，躲不过十五。六月，伦理哭丧着脸对我说，酸李酱吃完了。

"根据我们的食用速度，不可能还有。"

他的法语进步得如此之快，让我不敢相信。我回答说：

"那太好了！我一直想着跟你去广岛。"

他的脸色从严肃转为可怕。我试图从历史上做出解释，便像谈判专家一样对他说：

"全世界都佩服广岛和长崎生存下来的勇气。"

"我说的不是这事，"他打断我的话，"我读了一个法国女作家写的一本小书，也就是你跟我说起过的那本……"

"《广岛之恋》[1]。"

"是的。我一点都看不懂。"

我大笑起来。

"别担心，许多法国人也一样。这样，我们去广岛就更有理由了。"

"你是说到了广岛再读这本书就能读懂了？"

"那还用说。"我不假思索。

"不对。我无须到威尼斯就能读懂《威尼斯之死》，无须到巴马就能读懂《巴马修道院》[2]。"

"玛格丽特·杜拉斯是一个非常特别的作家。"我深信自己说的是对的。

第二个周六，我们约好上午七点在羽田机场会面。我喜

1 法国作家杜拉斯（1914—1996）的作品。
2 《威尼斯之死》是德国作家托马斯·曼（1875—1955）的中篇小说。《巴马修道院》是19世纪法国作家司汤达（1783—1842）的小说。

欢坐火车，但对日本人来说，天天坐火车太平常了，伦理想换换口味。

"而且，在广岛上空，我们会产生坐在'艾诺拉·盖伊[1]'上的感觉。"他说。

那是在六月初，东京的气候非常宜人，天气很好，二十五摄氏度。而在广岛，气温要高五摄氏度，空气中已经弥漫着季风雨的潮湿，太阳却很毒。

一到广岛机场，我就产生了一种十分特别的感觉：我们不是在一九八九年，我忘了我们是在哪一年，当然不是在一九四五年，不过很像是在二十世纪五六十年代。难道是原子弹爆炸延缓了时间的进程？在这里，有很多现代建筑，人们的衣着和别的地方也没有什么两样，汽车也和日本国内的其他地方相同。这里的人好像比其他地方的人更有活力。生活在一个对全世界的人来说都意味着死亡的城市里，这激发了他们身上的热情，所以，他们给人一种乐观的感觉：重建一个新时代，对未来依然充满希望。

这一发现深深地打动了我。我一下子就被这座城市震撼

---

1 第二次世界大战期间美国陆军航空队的轰炸机，1945 年 8 月 6 日曾在广岛上空掷下"小男孩"原子弹。"艾诺拉·盖伊"是该机机长保罗·蒂贝茨的母亲的名字。

了。那种勇敢而幸福的气氛十分动人。

原子弹爆炸纪念馆让我深感震惊。我们都知道那个事件，但详细经过超出人们的想象。他们以一种十分有效并颇有诗意的方式还原了那段历史：一九四五年八月六日，一辆火车沿着海岸向广岛方向驶去，车上坐着许多上早班的工人，旅客们睡眼惺忪地望着窗外的城市景象，此时火车钻进一条隧道，而当它从隧道里出来时，广岛已经不复存在。

在这个外省城市的街上散步时，我想，日本人的尊严在这里得到了最充分的体现。完全没有任何痕迹显示出这座城市曾受到过毁灭性的打击。我觉得，无论在其他哪个国家，这么大的一场悲剧，肯定都会被利用到极致。因受害而换得的资本，甚至筑成了许多国家的国库，而在广岛，这不存在。

在和平公园，情侣们依偎着坐在长凳上。我突然意识到，我并不是独自一人在旅行，于是入乡随俗。之后，伦理从口袋里掏出玛格丽特·杜拉斯的书。我已忘了这本书，而他只想着这本书，大声地从头到尾给我念《广岛之恋》。

我觉得他好像在向我念起诉书，而我应该明白他在指责我什么。他念的东西很长，他的日本口音又延长了这一时间，所以我还来得及准备应诉。对我来说，最难的是在他念的时候要忍住不笑，他往往会因为看不懂而生气："行行好，请你杀死我。"他并不像埃玛妞·丽娃[1]那样念。

两小时后，他念完了，合上书，看着我。

"很精彩，不是吗？"我大着胆子轻声说。

"我不知道。"他毫无表情地答道。

要摆脱这一困境可不那么容易。

"请设身处地想一想，一个年轻的法国女子，为广岛人民而剪掉头发。杜拉斯这样做是需要勇气的。"

"啊，是吗？那是什么意思？"他问道。

"是的，这是一本歌颂爱情的书，被野蛮葬送的爱情。"

"作者为什么要用那么奇特的方式来表达？"

"这就是玛格丽特·杜拉斯。她的魅力在于，人们能感觉到她想说的东西，却不一定要懂得。"

"可我什么也没感觉到。"

"你感觉到了，因为你生气了。"

"要的就是这种反应，对吗？"

"杜拉斯也喜欢这样。这是一种正确的态度。读完杜拉斯的书，人们能感觉到一种失望。就像一场调查，到了最后还没怎么弄明白；想要看清什么，却得透过一层毛玻璃；离

---

1 埃玛妞·丽娃（1927—2017），法国著名女演员，曾在《广岛之恋》中出演女主角。

开饭桌的时候仍感到饿。"

"我饿了。"

"我也饿了。"

日本烧是广岛的特产，在露天市场里，人们在一块巨大的铁板上制作，烟雾弥漫了整个夜空。尽管夜晚相对较凉，厨子仍大汗淋漓。他当着我们的面在做白菜，汗水滴进了他的杰作。我们从来没有吃过这样好吃的日本烧。伦理趁机向厨子买了很多箱酸李酱。

后来，旅馆的房间又让我找到理由说了好多从杜拉斯的书中借用的句子。伦理好像更喜欢这些句子。我不知为法国文学做出了多少贡献。

* * * *

　　七月初，我姐姐过来度一个月的假。看到她，我开心死了。整整一小时，我们嘀嘀咕咕地说着别人听不懂的话。

　　晚上，伦理坐在白色的奔驰轿车里，在我住处门口等。我向他介绍了我在世界上最亲爱的人。他们俩谈得很投机，倒是我插不上话了。当我单独和朱丽叶在一起时，我问她对伦理有什么评价。

　　"他很瘦。"她说。

　　"还有吗？"

　　我没有问出什么东西，于是打电话给伦理。

　　"哎，你觉得她怎么样？"

　　"她很瘦。"他说。

　　我同样没有问出什么东西。他们并不是串通好的。我在心里生起气来："这叫什么评价啊！是的，不用说，他们俩都很瘦。然后呢？难道他们没有更有趣的东西要告诉我吗？"

对我来说，最让我惊讶的，不是他们的瘦，而是我姐姐的美丽和神奇，是伦理的细腻和怪异。

不过，他们对对方的看法并没有敌意，他们一开始就互相欣赏。事后，我觉得他们是对的。如果仔细想想自己的过去，我会发现，在我的生命中起重要作用的全都是些瘦人。瘦并不是他们的主要特征，却是他们唯一的共同之处。这应该说明一些问题。

当然，我在人生的道路上也遇到过许多并没有改变我命运的瘦子。而且，我在孟加拉国生活过，那里的人绝大多数都瘦骨嶙峋：他们的生活不能与其他地方的人相比，甚至连他们的瘦别人也无法比。在我弥留之际，当我躺在床上时，游走在我记忆中的人影将全都是瘦子。

如果我不知道它所暗示的意义，我也许会怀疑这是一种有意或无意的选择。在我的小说中，被爱的人总是极瘦。然而，不能因此得出结论说，我就喜欢瘦子。两年前，一个年轻的蠢女人曾过来跟我说话，我在这里就不说她是谁了，她是干什么的我也想装作不知道。见我一脸沮丧的样子，她便在我面前扭动身子，想突出自己的苗条身材，然后这样对我说（我发誓她是这样说的）：

"您不觉得我像您书中的某个女主人公吗？"

一九八九年夏，我"开除"了我那个瘦瘦的情人一个月，和朱丽叶一起去旅行了。

我们坐火车来到了关西。那里还是那么美，但我不希望任何人做这样的旅行。我这样伤心欲绝，还能活下来，真是个奇迹。如果不是姐姐在身边，我永远也不会有勇气回到我童年生活过的地方；如果不是姐姐在身边，我会伤心地死在夙川。

八月五日，朱丽叶回比利时去了。我把自己关在房间里，号啕大哭了几小时，像头困兽。当我把心中的痛苦全都哭喊完之后，我打电话给伦理。他善良地掩饰住自己的快乐，因为他知道我很痛苦。白色的奔驰轿车又来接我了。

他带我来到了白银公园。

"我们上次是和莉香一起到这里来的，"我说，"你没有趁我不在的时候去看看她？"

"没有。到了那里，她就不一样了。她扮演着一个角色。"

"那你干了些什么？"

"我看了一本关于圣殿骑士的法语小说。"他高兴地说。

"很好嘛。"

"是的。我决定成为他们当中的一员。"

"我不明白。"

"我想成为圣殿骑士团的骑士。"

在接下来的时间里，我一边散步，一边对他说，他的愿望是不现实的。在美男国王腓力四世[1]统治时期的欧洲，这兴许还有可能。但在一九八九年的东京，对一所著名的珠宝学校未来的校长来说，这是非常荒谬的事。

"我想当圣殿骑士，"他固执地说，愁眉苦脸，"我敢肯定在日本已经有圣殿骑士团了。"

"我也这样认为。理由很简单，在你的国家里，什么都有。你的同胞们太好奇了，不管你喜欢什么，在这里都能找到与你一起分享这种爱好的人。"

"为什么我当不了圣殿骑士？"

"因为它现在让人觉得像个邪教组织。"

他叹了一口气，被我说服了。

"我们去吃中国面条好吗？"这个想当圣殿骑士的人向我建议。

"好主意。"

吃面条的时候，我试着给他讲述《宫廷恩仇记》[2]，但最难解释的是教皇的选举。

---

1 法国卡佩王朝著名的国王，1285—1314 年在位。
2 法国作家莫里斯·德吕翁（1918—2009）的名著，讲述腓力四世统治时期法国宫廷的故事。

　　"这没有任何改变。教皇选举依旧进行，枢机主教们总是把自己关在房间里商量……"

　　话题一展开，我就兴奋起来，原原本本地给他讲了起来。他一边吸他的面条，一边听我说。讲完后，我问他：

　　"日本人对教皇到底是怎么看的？"

　　一般来说，当我问他问题，他在回答之前都会想一想。现在，他却不假思索地回答说："不怎么看。"

　　他说这话时没有任何感情色彩，这让我忍不住大笑起来。他语气坚决，并没有不恭敬的成分，只是说了一个明显的事实罢了。

　　后来，每当我在电视里看到某个教皇的时候，我就会想："这个人，一亿两千五百万日本人对他没有任何看法。"这句话总让我忍不住要笑。

　　而且，鉴于日本人对奇特的东西特别好奇，几乎可以肯定，伦理的话并不排除众多例外。不过，阻止一个对主要敌人那么不感兴趣的人进入圣殿骑士团，我觉得自己这样做是对的。

"明天，我带你去爬山。"伦理打电话给我，"穿上你的平跟鞋。"

"这也许不是个好建议。"我说。

"为什么？你不喜欢爬山？"

"我喜欢爬山。"

"那就决定了。"他果断地说，毫不在乎我的矛盾之处。

他一挂上电话，我的热情就上来了：全世界的山，尤其是日本的山，对我有着巨大的吸引力。不过我知道，爬山不是没有风险：过了海拔一千五百米，我就成了另一个人。

八月十一日，白色的奔驰轿车对我打开了车门。

"我们去哪儿？"

"你会知道的。"

我对表意文字毫无天赋，可我总能看懂地名。当我在日本旅行时，这种本领对我十分有用。所以，走了很长时间后，我的猜想得到了证实：

"富士山！"

那是我的梦想。根据传统，日本人一生当中至少要登一次富士山，否则，他们就不配当一个如此骄傲的日本人。极其渴望成为日本人的我，把这次登山看作一次身份证明之旅，尤其是因为这座山本就是我的领地、我的地盘。

车子停在平原上一个巨大的停车场里，到了这个地方，谁也不能再往前开了。汽车多得要命，看来，想当真正的日本人的人太多了。其实，这不过是个形式而已：只要在一天之内越过海拔三千七百七十六米的高度就行了，因为只有在山顶或者山脚才有客栈让上山者过夜。然而，云集在山脚准备上山的人当中，有老人，有孩子，也有抱着婴儿的母亲。我甚至还看见一个孕妇，似乎已有八个月身孕了。好像有日本国籍就多么光荣似的。

我看看头顶：真的，是富士山。我最后找到了一个从那里看上去富士山并不好看，所以人们不在那里看它的地方：山脚。必须有这么一个地方，否则，这座火山就不像是真的了。人们可以从各个方向看它，我甚至会把它当作一张全息照片。人们不再关心在本州有多少地方可以看到富士山的美景，而是寻找在什么地方可以看不见它。如果民族主义者想创造一个象征联盟的东西，他们本来是可以建造一座富士山的。看着它，你肯定会觉得很假：因为它太漂亮、太完美、太理想化了。

只有在山脚，你才会觉得它跟其他山没有什么区别，只是一个不成形状的隆起之物罢了。

伦理是全副武装：登山鞋、观察星星的用具和一把冰镐。他怜悯地看着我的运动鞋和牛仔裤，强忍着不说我，也许是不想在伤口上撒盐吧！

"上山？"

我只等着这句话。我立即撒开双腿往上跑。时近中午，太阳当头。我走着走着，很高兴能爬这么高的山。前一千五百米是最难的：地面全是软软的熔岩，脚常常陷下去。正如人们所说的那样，必须有意志力。我们俩都意志坚强。看到那些矮小的老人排着队在登山，我们不由得肃然起敬。

过了一千五百米，便是真正的山了，地上都是石头和硬土，不时有一块块黑色的卵石。到了那个高度，我就变了个人。我停下来等伦理，他离我有二百米。我跟他说山顶见。

后来，他对我说：

"我不知道当时发生了什么。你消失了。"

他说得对。过了一千五百米之后，我就消失了。我的身体完全变成了能量，他在看我在哪里的时候，我的双腿正载着我飞奔，我仿佛成了隐形人。有这本领的不止我一人，但我不知道还有谁这么理直气壮。因为，无论远看还是近看，我都不像查拉图斯特拉[1]。

但我想成为他那样的人。我产生了一种超人的力量，直奔太阳而去，脑际回响着歌曲，不是奥林匹克之歌，而是奥林匹亚[2]之歌。海格立斯[3]是我受苦受难的小表弟。在这方面，我还要说我的家族是希腊人的分支。我们是琐罗亚斯德教[4]教徒，总之不是一般的人。

要成为查拉图斯特拉，必须脚下如有众神，能吞掉高山，将之变成天空；膝盖就像投石器，能把整个身体弹出去；肚子如同战鼓，心能高奏凯歌，头脑欣喜若狂，要有超人的力量才受得了；要拥有世界上的所有力量，为了这唯一的目的而将之召来且能把它储藏到血液当中；要脚离大地，以便能近距离与太阳对话。

命运过于幽默，让我生来就是比利时人。出生于平原地

---

1 查拉图斯特拉（即琐罗亚斯德），古波斯拜火教先知、创始人。尼采著有《查拉图斯特拉如是说》一书，假托他之口，阐述自己的观点。

2 古希腊地名，建有宙斯神庙。

3 古希腊神话中的英雄，曾完成了12项伟大业绩的大力士。

4 即拜火教，古波斯宗教。

区却是琐罗亚斯德教的一员，这是对你的嘲弄，让你成为一个双重间谍。

我赶上了大群大群的日本人。他们当中有人抬头看天上的火流星。老人们说着 wakaimono（年轻时候的事情），好像在解释什么。年轻人呢，找不到任何话说。

当我超过所有这些行走者之后，我发现自己并非孤身一人。在登山好手当中，还有一个"查拉图斯特拉"，他执意要认识我。那是一个驻扎在冲绳的美国大兵，他走过来看我。

"我终于相信自己非同寻常，"他对我说，"不过，您是一个女子，却像我一样爬山。"

我不想对他说，哪里都有查拉图斯特拉。他不配加入这个行列。他太贫嘴，对神圣的事物无动于衷。每个家庭都会有这种遗传差错。

景色变得美丽起来，我试图让我的"美国表兄"睁大眼睛看看这美景，但他只是说：

"Yeah, great country." [1]

我猜想他对煎饼也会有同样的热情。

我加快脚步，想摆脱他。可惜，他紧紧地跟在我后面，

---

1 意为"是啊，伟大的国家。"。——编者注

不断地重复：

"That's a girl!" [1]

他喜欢套近乎，也就是说，绝不是琐罗亚斯德教教徒。我很希望能重回孤独，以体验那种琐罗亚斯德—瓦格纳—尼采的精神状态。但做不到，那个美国大兵不断地跟我说话，问我比利时是不是郁金香之国。我从来没有这样诅咒过美国驻军冲绳。

到了三千五百米高度的时候，我彬彬有礼地请求他不要说话了，我对他解释说，这是一座灵山，剩下的二百七十六米，我想在沉思中攀登。"No problem." [2] 他说。我终于摆脱了他，兴奋地到达了山顶。

山顶便是圆月般的火山口，周围都是大堆大堆的石头，沿着边缘走才能保持平衡。如果回头，可以看见蓝天下的日本平原。

这时是下午四点。

"您现在准备做什么？"美国大兵问我。

"我在等我的男朋友。"

这一回答起了预料之中的作用：美国大兵马上朝着平原

1 意为"了不起的女孩！"。——编者注
2 意为"没问题。"。——编者注

下山了。我松了一口气。

我沿着火山口往前走。心想，如果要绕一圈，需要一整天的时间。没有一个人敢在火山口中心冒险：火山是休眠的，但这个巨大的石场有神灵出没。

我在地上坐下，面对着朝圣者陆续到来的方向。大家争先恐后地从同一个斜坡来到圆锥形的山顶，我不知道这是为什么，也许仅仅是因为这是日本的风俗。我早已认可这种习俗，因为我曾想成为日本人。除了我和那个美国人，没有其他外国人。那些老人登上了山顶，真让人感动。他们拄着拐杖，十分自豪，为自己竟然真的能登上山顶而惊讶。

傍晚六点左右，一个八十来岁的老人爬上了山顶，他大喊：

"现在，我配得上叫日本人了！"

这么说，要成为骑士，光打过仗是不够的，还要能爬上三千七百七十六米的陡峭高山。

在一个民众不那么诚信的国家里，许多人都谎称自己爬上了山顶，所以，人们不得不在火山口设了一个窗口，颁发证书。我是完全可以得到证书的。可惜，我只能靠嘴说来证明自己确实爬上了山。显然，那证书对我来说毫无用处。

伦理六点三十分才到。

"你已经到了！"他大声喊道，松了一口气。

"我早就到了。"

他瘫坐在地上。

"我再也走不动了。"

"现在，你是个真正的日本人了。"

"好像我必须这样才能成为日本人似的！"

我注意到那个八十来岁的老人和他的观点有所不同，看来，国籍已经在很大程度上失去了其威严。

"你不能坐在这里。"我对他说。

我把他扶起来，搀到长长的高山小屋里，在那里可以租到一些小床。他递给我一些糕点和苏打水，我提醒他说，为了看日出，我们天不亮就要起来。

"你怎么会爬得这么快？"他问我。

"因为我是查拉图斯特拉。"

"查拉图斯特拉，他是如此说的？"[1]

"是的。"

伦理把它记了下来，一点都没有感到奇怪，然后便入睡了。我把他摇醒，想让他陪我，但我就像在摇一个死人。我怎么可能有睡意呢？我可是在富士山山顶，这太令人激动了。

1　此处暗指尼采的《查拉图斯特拉如是说》一书。

我无法合上双眼，于是走出了小屋。

夜色已经吞没了平原。可以看到远处有个灯火辉煌的大蘑菇：东京。我冷得发抖。看见眼前这个日本的缩影，我又激动起来：古老的富士山和未来主义的都城。

我躺在火山口，一夜未眠，脑子里不断胡思乱想。营地里，大家都睡着了。我想成为看到第一缕阳光的人。

在等待日出的时候，我看到了难以置信的一幕：午夜一过，便有许多支举着灯火的队伍开始登山。这么说，有人勇敢地在夜间登山，也许是不想挨太长时间的冻。确实，有个仪式不能错过，那就是看日出。是不是提前到，这不重要。我含着泪水，看着这些金灿灿的毛虫蜿蜒着慢慢地往山顶而来。毫无疑问，他们不是田径运动员，而是普通人。怎能不钦佩这样的人？

凌晨四点左右，当第一批夜行者到达山顶的时候，天空出现了光亮。我去摇醒正在打呼噜的伦理。他已经是个日本人，便约我傍晚在车上见。我想，如果我配得上当一个日本人，那他也配得上当一个比利时人。我回到外面。人群慢慢地聚集起来，面对开始发亮的天空。

我来到人群当中。大家都站着，沉默着，等待日出。我的心怦怦直跳。夏日的天空没有一丝云。在我们身后，是火山的深渊。

突然，天边出现了一道红光，沉默的人群一阵骚动。接着，一个完整的圆球迅速而庄严地跳出来，高挂在平原上。

这时，发生了一件很不寻常的事情，我每次想起来都会激动万分。几百人聚集在一起，其中包括我，人们大喊：

"Banzai!"[1]

这种喊叫是一种间接否定：一万年也不足以表达这种景象在日本人心中唤起的那种永恒感情。

我们可能很像是极右分子在集会。不过，在场的勇敢者应该像你我一样，并没有多浓的法西斯主义色彩。其实，我们并不是在参加一场意识形态领域的活动，而是置身于一个神话，这无疑是世界上最伟大的神话之一。

我两眼噙着泪，望着日本国旗慢慢地失去了红色，因为它把其中的金黄色都倾注到了依然暗淡的蓝天之中。天照[2]与我无关。

当集体狂欢平静下来时，我听见有个人说：

"要下山了，我觉得这比上山难。下山的纪录好像是五十五分钟。我在想这怎么可能。而且如果摔倒，将被取消比赛资格——得一直跑才行。"

---

1 意为"万岁！"。——编者注

2 天照，日本传说中的太阳女神，是所有日本天皇的祖先。

"我觉得这很正常。"另一个人说。

"不，地面那么滑，人可能要蹲坐着下来才行。我看见一个老太太就是这样。"

"您是说您不是第一次上山？"

"第三次了。我乐此不疲。"

"为了日本国籍，值得来许多次。"我想。他的话没有白说。

我面对天空坐着，五点三十分，我准时冲向斜坡。我已经松开"刹车"，体验到了异乎寻常的东西：为了不摔倒，唯一的办法就是让大腿不停地迈动，在熔岩里奔跑，大脑要动得比双腿快。你不可避免地会打滑，身体飞快地往前冲，这时，你要大笑，要随时保持清醒，一刻都不能放松警惕，这样才不会摔倒。我是曙光下射出的火流星，是自己的弹道研究对象，我大喊着，想唤醒火山。

当我来到停车场时，还不到六点一刻。我打破了纪录，大大地打破了。可惜，没有人承认这一点，我的成绩永远只能是一个个人神话。旁边有个水龙头，我洗了洗自己溅满熔岩的黑乎乎的脸，然后喝了一肚子水。现在要做的，就是等伦理。可能要等很长时间，幸亏，看人们走过，尤其是在日本，你永远不会感到厌烦。我坐在地上，看着几乎被我当成同胞的人，看了几小时。

伦理与我会合时,应该已是下午两点。他好像散了架。他没有一句牢骚,开着奔驰轿车,把我送回了东京。

第二天,他让人给我送来二十二枝红玫瑰,上面插了一张字条:"亲爱的查拉图斯特拉,生日快乐!"他道歉说,他不是超人,无法亲自送玫瑰给我。他的大腿酸痛得厉害,他走不动了。

＊ ＊ ＊ ＊

　　几天后，伦理打电话跟我说，他的家人要外出旅行一周。他请我在这期间住在他家。

　　我同意了，不单是好奇，也很乐意——我从来没有在他家跟他在一起待过那么长时间。

　　他来接我，替我提着包。到了那座水泥城堡，我很害羞地问：

　　"我睡哪儿？"

　　"和我一起睡，睡在我父母的床上。"

　　我表示反对，这太不靠谱了。他像往常那样耸耸肩。

　　"而且是你父母的床！"

　　"他们又不知道。"他说。

　　"可我知道。"

　　"你总不想我们睡在我房间里的那张小床上吧？那不成地狱了？"

"难道没有别的可能了吗？"

"有。睡在我外公、外婆的床上。"

理由一大堆。他的老祖宗让我感到了深深的恐惧，我只得同意睡在他父母的床上，并且松了一口气。

这是一张巨大的水床。这种玩意儿二十年前曾时髦过一阵，大家都知道很不舒服。

"有趣，"我说，"这会强迫人们思考自己的任何行为。"

"我们好像在电影《激流四勇士》[1]的小船上。"

"一点不错。解脱，就是摆脱。"

伦理准备做一些特别的菜，去了厨房，我则在水泥城堡里转悠。

我老觉得有个摄像头在监视我。这一念头为什么挥之不去？我觉得有个人在暗中看着我。我朝屋顶做个鬼脸，又朝墙壁做个鬼脸——什么事也没发生。敌人很狡猾，故意装作没看见我的"不法"行为。要警惕！

就在我对着一幅现代画吐舌头时，被伦理撞见了。

"你不喜欢中上清[2]的作品？"他问。

"喜欢，很不错。"面对这幅晦涩难懂但又极漂亮的油画，

---

1 英国导演约翰·保曼拍摄的电影，原名 *Deliverance*，意为"解脱、摆脱"。
2 中上清，1949 年生，日本画家。

我真的有点激动。

伦理应该得出了这么一个结论：比利时人看到让他们激动的绘画时都会吐舌头。

在饭桌上，许多精美的菜肴在等待着我：芝麻菠菜、刺身鹌鹑蛋冷热搭配、海胆肉冻。我吃光了我的那份，却发现他一口都没吃。

"怎么啦？"

"我不喜欢这些菜。"

"那为什么还做？"

"为你做的，我喜欢看着你吃。"

"我也喜欢看着你吃。"我抱着双臂说。

"求求你了，再吃点吧。那么好看。"

"你要不吃，我就罢吃。"

我深受折磨，不仅仅是因为让他难受了，更因为面对诱人的佳肴而不能吃。

伦理感到很抱歉，他走到厨房里，端来一些意式加美式的色拉米香肠和一瓶色拉酱。我想："他不会真的吃这个吧！"然而，他真的吃这个。他在每片色拉米上都涂了一层厚厚的色拉酱，然后一一吃完。这是报复还是挑衅？我假装不在乎，继续吃我的精美餐食，而他也在津津有味地吞噬这一恶果。

他看见了我惊讶的神态，便阴着脸问：

"我吃这东西你不高兴？"

"高兴啊！"我撒谎说，"我们吃各自喜欢的东西吧，这样挺好的。"

"我想把我所有朋友都请来，把他们介绍给你。你同意吗？"

我同意。时间定在五天以后的晚上。

当时正值放假，我一步都没有离开过城堡。伦理待我像公主。他在客厅里放了一张涂漆的小书桌，就放在中上清的油画下方。我从来没有在这样好的条件下写作过，不过，这一点都不适合我。要创作，只要有一些低档的材料，甚至是废品就可以了。油漆被我的手指弄褪色了，弄脏了我的手稿。

伦理精神恍惚地看着我，我的笔僵住了。于是，他用乞求的神态，做了个写作的动作。我明白只要胡乱写些字就可以了，他会感到很高兴。我就像《闪灵》[1]中的主人公，不断地写道：我正在变疯，但周围没有斧头制止我这样模仿。

---

1 英美合拍的电影，1980 年上映。片中主人公杰克是个作家。一年冬天，他得到一个看管山顶酒店的差事，于是带着妻儿搬进了酒店。山顶酒店只有杰克一家三口。从他们一搬进来，杰克的妻子温蒂就发现这里气氛诡异，杰克的儿子丹尼也说经常看到一些他不认识的人，而这里除了他们一家别无他人。杰克除了整天埋头写作外，脾气变得越来越古怪。直到有一天，温蒂发现丈夫这些天来一直在写的只有一句话："杰克发疯了！"

　　在这之前，我唯一经历过的二人生活，是与姐姐在一起。而姐姐可以说是我的影子，所以那不叫二人生活，而是一个不再寻求什么的完美者的生活。

　　我和伦理在一起的感觉是全新的，其主要内容是分享一种可爱的尴尬。这种二人生活很像是我们睡在上面的水床——过时、不舒服、滑稽。我们的共同生活就是一起感受一种动人的不安。

　　伦理每次说我漂亮时，都要让一切停下来：无论我在做什么，我都必须保持那种姿势，哪怕那种姿势怪怪的。他会在我身边走来走去，嘴里不断地说着"啊"字，显得十分激动。我不明白这是什么意思。一天，我走进厨房，他正在里面忙活。我被一个西红柿吸引住了，便把它塞进嘴里。他大叫一声，我相信那是最美的场景之一，我愣住了。他夺过我的西红柿，说这东西会坏了我的肤色。我觉得这个吃色拉米香肠蘸色拉酱的人说话太离奇，便夺回西红柿。他失望地叹了一声，脸一下子变得煞白。

　　有时，电话铃会响起来。他接电话时讲的是日语，说话十分简短，不禁让人怀疑。他打电话最多十秒，当时，我还不知道日本人的这种习俗，心想，会不会是黑道上来的电话，就像他那辆洁白无瑕的奔驰一样让人怀疑。他开着车出去买东西，两小时后回来只带回三块姜。这样购买东西，背后必有阴谋。而且，他有个妹妹在加利福尼亚，所以他可能跟那里的黑道有联系。

后来，当事实证明他无辜的时候，我才知道事情要比我想象的更难以置信：他真的花了两小时的时间买了三块姜。

时间过得很慢。我可以随便出去，但我连想都没想过。我喜欢这种庄严刻板的生活。当伦理出门神秘地采购时，我宁愿利用一个人在城堡里的机会做些坏事：我在水泥城堡里转来转去，找机会搞破坏，但没找到。我厌烦了，便去写作。

他回来了，我出于礼貌去迎接他，叫他 danasama（主人阁下）。他连忙拒绝，卑躬屈节，称自己是"你的仆人"。一番怪声怪气之后，他给我看他买回来的东西。

"三块姜。这太好了！"我兴奋地叫起来。

我觉得自己参加了一个研讨会，讨论犯罪头目们的老婆。

"你们是怎么知道你们的未婚夫是个黑帮头目的？"

我试图探明他的行为。他有一些十分奇怪的举止，他在客厅中间放了一大捆竹子，里面有些沙子。他竟然在上面撒尿，然后，光着的脚丫在上面写一些神秘的符号。

我想弄清他写的是什么意思，但他由于害羞，又用脚跟把字擦掉了。我觉得，这证明他与黑帮有关。我假装天真，问他那些字符是什么意思。

"这是为了让自己集中精神。"他说。

"把精神集中在什么上面？"

"不集中在什么上面，但人总需要集中精神。"

这话好像行不通，他完全是胡言乱语。我最后想起了某个人。

"基督看见有女人通奸时，他就用脚在地上画些符号。"我说。

"啊。"他完全无动于衷，所有宗教方面的东西他都不放在心上（除了圣殿骑士团。你们会知道原因的）。

"你知道在耶稣受难的十字架上，罗马人在耶稣头顶写了些什么吗？ INRI，比你的名字[1]少一个字母。"我开始向他解释首字母组合词，他终于产生了兴趣。

"我的名字为什么会多一个字母？"

"也许是因为你不是基督。"我暗示道。

"或者是基督的名字还有一个字母。起首的 R 可能是 rounin[2] 的 R。"

"日语和拉丁语混在一起的词句，你是知道很多吗？"

1 伦理的名字为 Rinri。
2 日语"浪人"，指到处流浪、居无定所的日本穷困武士。

我讽刺道。

"如果基督现在回来，他不会满足于只讲一种语言的。"

"是的，但他不会讲拉丁语。"

"为什么不？他会把各个时代都混杂起来。"

"你觉得他会是个浪人吗？"

"他确定是个浪人。千万别忘了，他受难的时候曾说：'为什么离弃我？'这是一个失去主人的武士说的话。"

"原来你都知道。你读过《圣经》？"

"没有。但在《如何成为圣殿骑士》一书中有。"

那个书名告诉我，火候到了。

"日本有一本书叫这个名字吗？"

"有。你让我睁开了眼睛，我就是武士耶稣。"

"你什么地方像基督？"

"我们走着瞧吧！我才二十一岁。"

这个让他下了台阶的结论让我感到非常好笑。

到了跟他的朋友们吃饭的日子。一大早，伦理就抱歉说不得不离开我，然后进了厨房。

除了原和雅，我不知道还会见到谁。上述二人不像是极道[1]的人，伦理也不像，但其他人也许长得更像是干这一行的。

我久久地凝望着中上清的巨幅油画。要欣赏这种晦涩的美，甚至连最轻的音乐也会让人觉得碍事。

晚上六点左右，我看见浑身是汗的伦理从大锅小锅里钻出来，在长桌上铺上桌布。我提出来要帮他，他不让。他接着跑去淋浴，然后来到我身边。六点五十五分，他告诉我客人们到了。

"你听见他们的声音了？"我问。

"没有。我邀请他们七点十五分来我家，也就是说，他们将在七点钟到达。"

七点整，一阵"咚咚咚"的敲门声证明伦理说得对。门外站着十一个男孩，不过，他们并不是同时到达的。

伦理把他们让进来，简单地打个招呼，然后又消失在厨房里。原和雅向我点点头，另外九个人分别做了自我介绍。客厅大到刚好能容纳他们。我给他们倒伦理已经准备好的啤酒。

大家都默默地看着我。我试图跟我已经认识的人聊天，白费劲，于是我又想跟我还不认识的人聊天，也是白费劲。我在心里暗暗祈祷伦理来到桌边，让他的出现来消除这种尴尬，

---

1 日本社会里从事暴力或有组织犯罪活动的人士或团体，统称为极道。

但他的菜应该还没做完。

大家都不说话，弄得我没话找话，差不多是自言自语：

"我以前从来不相信日本人有那么喜欢啤酒。今晚，我证实了我注意到无数次的事情：问你们喝什么的时候，你们总是说喝啤酒。"

他们有礼貌地听我说，没有搭腔。

"日本人过去就喝啤酒吗？"

"我不知道。"原说。

其他人摇摇头，证明他们也不知道。继续保持沉默。

"在比利时，我们也喝很多啤酒。"

我希望原和雅能想起在我们上次聚会时我送的礼物，聊一聊，但他们没有说话，我只好又续上话头，把我所知道的有关比利时啤酒的事全说了。十一个人都没说话，好像他们是应邀来听讲座的，恭恭敬敬地听我说话。我真怕他们当中的某个人掏出笔记本做记录。说我觉得可笑这还是轻的。

我一停止说话，全场就没了声音。这种沉默似乎让这十一个年轻人感到很不自在，但他们当中没有一个敢于牺牲自己，站出来帮助我。有时，我也尝试他们的态度，想把他们逼到南墙，让他们不得不说话。看看手上的表，整整五分钟过去了，他们还是一言不发。当大家都痛苦到极点时，我不得不尽我所能地开口了：

"还有罗登巴赫，那是一种红啤，人们把它叫作红酒啤。"

大家的呼吸立即顺畅了一些。我最后只希望他们能把我当作一个真正的演讲人，向我提些问题。

当伦理叫我们上桌时，我松了一口气，感到解脱了。我们在长方形的桌子四周坐下，我坐在中间，却发现主人已经没有位置了。

"你忘了给自己摆副碗筷。"我轻声对他说。

"没忘。"

他马上进了厨房，我都不知道他还要去干吗。回来的时候，他手里托着一个盘子，上面尽是好吃的。他把盘子放在我们面前：面裹蒲公英、寒叶莲藕馅、醋泡蚕豆佛手、矮蟹炒杏仁。他给我们倒满暖暖的清酒后便走开了，把自己关在厨房里。

这时，我明白了：我是这顿晚餐唯一的主人。伦理就像一个日本妻子，要把自己关在厨房里当奴隶。

好像只有我对这种现象感到惊讶，除非客人们都出于礼貌而掩饰了自己的惊讶。他们轻声称赞菜做得好，我希望好菜至少能让他们说说话，但他们没有说，而是在一种庄严的沉默中品尝着每道菜。

我赞同他们的这种态度。我总觉得享受美食时被迫说话是件很讨厌的事。最后，当伦理终于出来救场时，我仍在沉思，心满意足地舔着嘴唇，没有说一句话。

吃完这些好吃的东西，我发现客人们都看着我，好像有点不舒服，一副不解的样子，似乎不明白我为什么不再管他们。我决定罢说。如果他们想说，就让他们说去吧！做完关于比利时啤酒的讲座后，我有权休息一下，吃点东西。我"辞职"不说话了。

伦理过来收掉空碗，用漆碗给每个人端上一碗兰花羹。我对他的厨艺大加赞赏。其他人对他扮演日本妻子的角色习以为常，只赞扬了一句。那个"奴隶"谦卑地低下头，一言不发地跑回他的"地牢"，把自己关在里面。

兰花羹好看而无味。大家欣赏了一番之后便无话可说了，于是又沉默起来。

这时，原对我说了一句令人难以置信的话：

"刚才，你说到红酒啤。"

我的汤匙停在了半空中，我明白了，他们下令让我把讲座继续下去。确切地说，他们颁布了命令：今晚，你是说话者。

日本人发明了这个了不起的职业：说话者。他们注意到，吃饭的不好之处在于不得不说话，这很令人讨厌。在中世纪，皇室举办宴会时，大家都噤声，这样挺好。十九世纪，西方的习俗传入日本，促使权贵们在餐桌上说起话来。但他们很快发现，这太烦人了，于是曾一度让歌伎来代替，结果，歌伎很快成了抢手的宝贝。就这样，精明的日本人找到了一个解决办法，创造了说话者这一工种。

每次执行任务之前，说话者都会接到一份资料，上面有座位安排，并注明客人的身份。他负责打听每个人的情况，前提是不失礼貌。吃饭的时候，说话者配有一个麦克风，围着餐桌转来转去，说："在场的东芝先生，即知名公司的总裁，可能对佐藤先生（他与东芝是大学同届同学）说，自从那个时期以来，没有什么改变。佐藤回答说，经常打高尔夫球有助于保持体形，上个月他对《朝日新闻》说过同样的话。《每日新闻》主编堀江向他暗示说，以后不如接受《每日新闻》的采访……"

这些乱七八糟的东西，当然没什么意思，但总比我们吃西餐时说的话有意思，其好处是明摆着的：客人们可以好好吃饭，不用被迫说话。最让人不可思议的是，大家都听说话者说话。

"在布鲁塞尔，人们还制造了一张人工嘴……"我说。

这下可好了，伦理的朋友们很快就显出高兴的样子。喝了古代高卢人喝的自然发酵的啤酒，他们激动起来，况且刚才已有好一阵没有说话了。而我心里很后悔自己没有参加工会：

我是个不拿工资的说话者。更糟糕的是，我没有关于这些人的任何资料。在这样的条件下，你要我怎么工作？

不过，我还是义无反顾地去做了，但对伦理怀恨在心。伦理撤去兰花羹的空碗，又给每人上了一个茶碗蒸，让我沮丧透了。我不顾一切地扑向这些必须趁热吃的鱼露海鲜香菇，但也知道自己无法一口吃掉，因为我得解释为什么奥威啤酒[1]是世界上唯一必须根据周围温度来喝的啤酒。

"这是比利时版的《最后的晚餐》，低地国家[2]的一个基督在喝苦酒，里面倒的不是红酒，而是啤酒。他说：'这是我的血，永恒的《新约》之白酒，它为了你们，为了赎去众多的罪孽而泼酒。你们要喝了这酒，以记住我的苦难，因为在你们大吃扇贝的时候，有个人在干活。至于躲在炉灶后的第十三个人，他甚至都不敢过来向我献上犹大之吻。让他等着吧，少不了他的好处。'"

那个竟敢以武士耶稣自居的人端来了甜点——法式杏仁牛奶冻，配以好茶。我没有看茶的颜色，因为我正在夸夸其谈：

"我今晚所说的许多啤酒在纪伊国屋书店有的卖，其中

---

1 奥威啤酒是比利时众多啤酒中最著名的一种，得名于奥威修道院，该修道院只生产这一种啤酒。
2 指荷兰、比利时和卢森堡。

有一些甚至可以在麻布超市买到。"

大家应该给我雷鸣般的掌声：我发现他们心满意足地吃完了晚餐，我的讲座就像是背景音乐，让他们听得如痴如醉。他们在极其安宁的环境中，吃了一顿美味大餐，感官得到了充分的满足。我并非毫无用处。

接着，伦理请我们去客厅，他要过来和我们一起喝咖啡。他一来到我们中间，客人们就变成了来朋友家参加晚宴的二十一岁的年轻人：他们开始极其自然地聊天，分开双腿躺在沙发上，抽着烟听弗雷迪·默丘里[1]的歌。曾经不得不面对十一个极不自然的"和尚"的我，内心一阵深深的失望。

我倒在一张长沙发上，四肢无力，好像我把自己所说的啤酒全都喝了，直到那些"入侵者"离开也没有再说一句话。我真想掐死伦理：本来，在这过去的三小时里，只要他来到我们当中一次，就足以把我从这痛苦之中解救出来！我怎能忍住不杀死他？

"入侵者们"告辞以后，我深深地吸了一口气，以保持冷静。

"你为什么让我一个人和他们待三小时？"

"为了让你认识他们。"

1 英国摇滚乐队皇后乐队主唱。

"你应该告诉我怎样才能认识他们。不管我怎么努力，他们就是不说一句话。"

"他们觉得你很有趣。我很高兴，我的朋友们喜欢你，今晚的聚会太成功了。"

我很泄气，没有说话。

这个小伙子可能明白了，因为他最后这样对我说：

"天气预报说周末有台风。今天是周五晚上，我父母周一回来。如果你愿意，我就把门关上，周一之前对谁都不开。我把门插上，谁也不能进，谁也不能出。"

这计划深深地吸引了我。伦理拉起吊桥，按动电钮，关上了所有百叶窗。外面的世界不复存在。

*　*　*

第三天，现实世界重新出现了。我打开窗，睁开眼睛。

"伦理，过来看。"

花园一片狼藉。邻居的一棵树倒在他家的屋顶，砸烂了许多瓦。地上也出现了一道裂缝。

"好像哥斯拉[1]来访过。"我说。

"我想台风比预报的还要强，可能还发生了地震。"

我看着他，竭力忍住不笑。他脸上闪过一丝不易察觉的微笑。他太不擅长吹牛了，我喜欢。

"咱们赶快把留在我父母房间的痕迹消灭掉。"他只说了这么一句。

"我来帮你。"

"你不如把衣服穿好吧！他们一刻钟以后就要到了。"

1 日本系列电影《哥斯拉》中的怪兽。

当他打扫"欧律斯透斯的马厩[1]"时，我穿上自己最轻薄的裙子：天太热了。

伦理效率奇高，他以打破常规的速度把东西一一还原，然后来到我身边，迎接他的家人。我们向他们弯腰鞠躬，说着客套话，但他母亲和外公、外婆用手指着我，大笑着。我羞死了，从头看到脚，心想自己是否有什么不对的地方，但什么都没有发现。

老人们来到我身边，摸着我大腿的皮肤，喊道：

"Shiroi hashi! Shiroi hashi!"

"是的，我的大腿很白。"我结结巴巴地说。

他母亲不怀好意地笑着对我说："在我们国家，女孩如果穿短裙，就必须穿连裤袜，况且你的大腿那么白。"

"这么热的天穿连裤袜？"我问道。

"是的，这么热的天也不例外。"她的声音有些不愉快。

这时，他父亲有礼貌地改变了话题，看着花园说："破坏没我想象的那么严重。在海边，十多个人在台风中丧生了。但在名古屋，我们什么都没感觉到。你们呢？"

1　据古希腊神话，英雄海格立斯在疯狂中杀死妻女，醒来后痛苦不已，于是来到梯林斯，接受并完成了国王欧律斯透斯派给他的 12 项工作，其中包括打扫马厩。

"我们也什么都没感觉到。"伦理说。

"你已经习惯了。可是您，阿梅丽，您不怕吗？"

"不怕。"

"您是个勇敢的女孩。"

当他的家人"收复"家园时，伦理开车送我回家。随着水泥城堡渐去渐远，我觉得回到了真实的世界。一周以来，我远离了城市的喧嚣，眼前只有一个小小的禅院和中上清的一幅黄昏图。我的待遇没几个公主比得上。比较起来，我觉得自己更习惯东京。

台风和地震没有留下明显的痕迹。在那里，这很常见。

假期结束了。我回去上日语课。

* * * *

　　九月，我成了蚊子的大餐。它们一定是喜欢我的血，全都扑到我身上来。伦理注意到了这一现象，安慰我说，我是对付这一惩罚的最好的挡箭牌：有我在，就像有避雷针一样。

　　我在身上擦柠檬皮烧酒，涂驱蚊膏，但无济于事，我太招引蚊子了。那些让人发疯的夜晚今天还历历在目：除了闷热，我还得忍受无数蚊子的叮咬，樟脑醋也帮不了我什么忙。很快，我就发现只有一个策略：接受。迎接痒痒，千万不要去搔。

　　由于原谅了不可原谅的东西，人会产生一种满足感。被接受的痒痒最后会让灵魂兴奋，给人以一种悲壮的幸福感。

　　在日本，人们用蚊香来驱蚊。我一直不知道那小小的螺旋状绿色蚊香是用什么做的。它慢慢地燃烧，驱赶着蚊虫。我也点了蚊香，但仅仅是因为这种奇怪的香很好看。但我的诱惑力太强了，蚊子没有被这点东西赶跑。这些嗡嗡叫着的东西给了我无限的爱，我先是逆来顺受，后来，痛苦一过去，这种忍受就变成了享受。血给我以快乐：阵阵刺痛之后有一种快感。

由于有了这一经验，我明白了十年前在印度见过的蚊子庙：庙里的板壁上有一些活动门，信徒们把后背伸进去，让成百上千只蚊子同时叮咬。我一直在想，在这比狂欢节还要拥挤的地方，蚊子们是怎么大快朵颐的？人们又怎么会爱上这些长翅膀的神灵，以至于这样用身体去喂它们？最迷人的是想象蚊子狂欢之后布满肿块的后背。

当然，我绝不会主动到去当这种牺牲品的地步。不过，我发现可以用一种激动人心的形式去忍受蚊子的叮咬。"痒痒"这个词终于得到了正确的解释：我不再让别人吃，而是让人渴望，在这些会飞的小虫子的盛宴中，我的血里有些让它们渴望的东西。我在别无选择的情况下，自愿成了蚊子的美餐[1]。

我的享乐主义思想因此得到了加强：不去搔痒是对灵魂的巨大训练。这种训练并非没有危险，一天晚上，蚊子的毒素让我大脑中毒了，以至于我毫无理由地在半夜两点一丝不挂地出现在自己的住所门前。幸亏街巷空空，没有一个人看见我。我一清醒过来，就跑回了住处。要给几千只日本蚊子当情人，

---

1 在法语中，"痒"（démanger）这个词由 manger（吃）加上前缀 dé 构成，故有以上这段文字游戏。

就要准备承担这样的后果。

十月，天不那么热了。秋天开始展现其无穷魅力。当人们问我什么季节去日本最好的时候，我总是回答说："十月。"那时，无论是景色还是气候都是最好的。

日本的枫叶比加拿大的枫叶更漂亮。为了恭维我的双手，伦理用了一个比喻：

"你的双手像枫叶一样完美。"

"什么季节的枫叶？"我心想，绿色、黄色、红色，哪种颜色的手最好？

他邀请我去参观他的大学。没有什么好看的地方，但校园值得转一转。我穿着一条黑丝绒的长裙，很想跟在路上不断遇到的漂亮的日本女大学生比一比。

"你好像要去参加舞会。"伦理说。

除了十一所名牌大学，日本还有极多很容易进的大学，被叫作"火车站大学"，因为它们多如火车站。在这个铁路发达的国家，火车站的确不少。我有幸参观了伦理在那里度了几年假的大学。

这是一个奢华的领地，一些无所事事的年轻人在这里逛来逛去。女孩们穿着怪模怪样的衣服，我这样的打扮根本没人会看一眼。这里散发着一种温馨的气氛，就像是个疗养院。

　　从三岁到十八岁，日本人像被鬼迷了似的；从二十五岁到退休，他们像苦役犯一样干活；而从十八岁到二十五岁，他们十分有意识地过着一种例外的生活——尽情享受。就连那些通过了可怕的入学考试，进入那十一所名牌大学的人也可以喘口气：只有第一次挑选才是真正重要的。那些上火车站大学的人完全是有道理的。

　　伦理让我坐在一堵矮墙上，然后坐在我身边。

　　"看，这里可以看见轻轨。我常常到这里来一边看轻轨一边梦想。"

　　我有礼貌地羡慕着，然后问：

　　"有时也上课？"

　　"上。"

　　"什么课？"

　　"嗯……很难说。"

　　他把我带到一间灯光明亮的教室里，里面有几个昏昏欲睡的学生。

　　"文明课。"他终于回答说。

　　"什么文明？"

　　他想了很久。

　　"美洲文明。"

"可你是学法语的。"

"是的，但美洲文明很有趣。"

我明白了，我们的讨论基于非逻辑。

这时，进来一个中年老师，他在讲台前坐下。我试图回想起他当时讲了些什么，但只记得他一味地在讲，而学生们毫无怨言地在听。我的出现似乎让老师感到有些不自在，下课后，他走过来对我说：

"我不会讲英语。"

"我是比利时人。"我回答说。

他似乎放心了。对他来说，比利时就像美洲的那些默默无闻的地区，谁也不会提起，比如说马里兰州。他肯定是认为我是在那里监督他的讲课内容的，所以才那么警觉。

"很有趣。"那堂没完没了的课结束之后，伦理这样对我说。

"是的。你现在还有别的课吗？"

"没有。"他答道，好像一想到还要听课，他就害怕了一样。

我发现他在大学里一个朋友都没有。

"因为我了解他们。"他说。

他带着我在美丽的校园里又逛了一会儿，向我一一介绍能看见整个轻轨的地方。

　　参观过他读书的地方之后，我觉得他打发时间的方式更让人莫名其妙。他鬼鬼祟祟的，十分可疑。

　　晚上，当我问他白天做了些什么时，他回答说他很忙。很难知道他忙了什么，更糟糕的是，他自己也不知道自己忙了什么。

　　当我放下这种偏执的想法时，我明白了，上大学的那几年，对日本人来说，也是唯一可以随心所欲地过日子的几年。上小学时，他们要严格服从时刻表，没有玩的时间；工作了以后又将戴上工作制度的枷锁。所以，他们蓄意用上大学的那几年来做一些不确定的事情，甚至奢侈地什么都不干。

*　*　*　*

　　我和伦理很喜欢一部电影——伊丹十三导演的《蒲公英》，
讲的是一个年轻寡妇，她往来于社会底层之间，寻找最美味
的拉面的做法。这是目前最滑稽可笑、最有味道的电影。

　　我们一起看了好多遍，经常试着重演其中的某些片段。

　　在东京看电影，往往会让人不知所措。首先，在那里看
电影与在美国和欧洲看电影没什么不同。人们坐在宽敞舒适
的放映大厅里。电影开始了，播放预告片、广告片，没有一
个人上厕所。但为了看守住自己的位置，他们会公然把钱包
放在椅子上。我想，他们回来的时候不会少一分钱。

　　他们选电影时一点都不假正经，银幕上充满了露骨的镜
头，不加掩饰，也不打马赛克——日本人不假正经。不过，
当出现裸体女人时，她的阴毛会被遮上一块"云朵"：出现
性器官没有任何问题，露出阴毛却是不合适的。

公众的某些反应让人吃惊。有家电影院放映《宾虚》[1]，我很想去看。历史大片，加上我好奇地想在东京重看一遍这部电影，于是我带伦理去看。宾虚和梅萨拉的对话有日语字幕，我感到很有趣。细细想来，用日语并不比用英语更荒谬。有一个场景讲的是基督出生的故事：天上出现一道道神光，吸引了前来朝拜初生耶稣的三博士。我听见身后有一家人在惊叹："UFO! UFO!"显然，不明飞行物出现在这个犹太罗马帝国里他们并不是不能接受。

伦理曾带我去看一部旧战争片——《虎！虎！虎！》[2]。那是一个怪异的小放映厅，里面的观众都非同寻常。放到日军轰炸珍珠港的著名场景时，大部分观众都鼓起掌来。我问伦理为什么想让我看这个。

"这是我所知道的最有诗意的故事片之一。"他极其严肃地回答我说。

我没有追问，这家伙不断地让我不知所措。

后来东京上映了英国人斯蒂芬·弗雷斯拍摄的电影《危险关系》，这是由我最喜欢的导演之一导演的，根据我最喜欢的小说之一改编的，我当然要去看。伦理没有看过那本书，

---

1 本片是威廉·惠勒导演的影片，改编自卢·华莱士的同名长篇小说，曾获11项奥斯卡大奖。
2 1970年上映的日本电影，讲述日军偷袭珍珠港的故事。

不知道电影讲的是什么。首映的那天晚上,电影院人满为患。在看暴力电影时常常笑得直不起腰来的东京观众,面对梅特伊侯爵夫人竟被吓得一动不敢动。我却从头到尾感到兴奋,以至于最后实在忍不住,疯狂地大叫起来。太好看了!

当我满怀激动地离开放映厅时,我却看见伦理在哭。我用不解的目光询问他。

"那个可怜的女人……那个可怜的女人……"他哽咽地重复道。

"哪个女人?"

"那个可爱的女人。"

我明白了:伦理在看电影的时候一定是把自己当作杜维尔夫人了。我不敢问他为什么,因为我很怕他回答。我试图让他摆脱这一令人痛苦的化身。

"别把自己牵扯进去。这部电影说的不是你的故事。你不觉得它美得惊人吗?画面的质量和扮演男主角的那个让人不可思议的演员……"

伦理就像在三味线上撒尿一样,神经质地重复了一小时,泪水汪汪:

"那个可怜的女人……"

我从来没有见过他这样,也不会再见到他这样。"至少,他没有无动于衷。"我心想。

* * *

　　十二月中旬的一个周末，我独自一人进山。伦理想陪我去那个我永远也到不了的地方，但他知道我不会同意的。

　　我很久没有一个人出去了，所以这次远行很让我向往。况且，我很想去爬爬日本的雪山。

　　从东京坐火车，一个半小时后，我下了车：那是山谷中的一个村庄，云雀山¹从那里开始形成。云雀山名声不大，高约两千米。第一次独自在雪中远足，我觉得选这座山是对的。从地图上看，去那里好像完全没有问题，而且可以看到已经成为我的朋友的富士山的全景。

　　我的另一个选择标准是它的名字——Kumotori Yama，意思是"云与雀的山"。一个这么美的名字已经包含了我梦

---

1 Kumotori Yama，汉字实为"云取山"，而非"云雀山"。tori 在日语中可写作"取"或"鸟"，作者作为西方人或许并不精通汉字，因而理解为后者，后文相关情节也据此而作。——编者注

想的东西，尤其是东京拥挤的生活让人格外渴望隐居，而躲在山中是最理想的逃遁方式。

想不到日本竟是这样的山国，其三分之二的领土由于多山而荒无人烟。在欧洲，山上是人们常去的地方，有时，人们会在那里举办鸡尾酒会，众多赶时髦的滑雪站就是证明。而在日本，滑雪站非常罕见，没有人定居在山中，山是死神和巫婆的王国，所以这个帝国仍然那么荒野。但有多荒野，人们并不太清楚。

独自一人在山中历险，我首先得驱除一种恐惧：小时候，我慈祥的日本奶妈常跟我讲山姥的故事，那是最坏的巫婆。她肆虐山中，把孤独的漫步者捉来煮汤——用孤独的漫步者煮的汤，也就是卢梭汤[1]。我老想着这汤，以至于觉得自己尝过这汤的味道。

根据地图，离山顶不远的地方有个客栈。我打算在那里过夜，除非山姥已经把我投进她的炖锅。

我离开村庄，向苍茫的山中前进。小路在雪中可爱地伸向山顶，我很快就发现，没有人踩过这雪。我傻傻地高兴坏了。在这个周六早上，没有人在我之前攀登过这座山。我一直爬

---

1 此处暗指卢梭的作品《孤独漫步者的遐想》。

到一千米，感觉好极了。

突然，针叶林和阔叶林消失了，我看见了天空，它好像向我发出了警告，可我不予理睬。世界上最美的景色出现在我眼前：在一个看起来像喇叭裤的长长的斜坡上，一片竹林屹立在雪中。一片寂静，我兴奋地大叫起来。

我一直以来都很喜欢竹子，这种杂交的生物，日本人既不把它们归为树木，也不把它们当作其他植物。它们茂盛而优雅，柔软的身姿透出惊人的美。然而，在我的记忆中，它们从来没有像这片雪中的竹林那么漂亮，尽管很细，但每根竹子都覆盖着雪，白色的竹叶沉甸甸的，就像一个少女，未到做大事的年龄就受到了打击。

我走进这片竹林，就像来到了另一个世界。兴奋使人忘记了时间，我不知道自己在这个山坡上走了多久。

当我走出竹林时，我发现离云雀山的山顶只有三百米了。我觉得很近，但覆盖在它左侧的雪似乎离我更近，它就像是一块沉重的云。就缺鸟了，不然就名不符实了：那就让我来当那只不惧危险的鸟吧！我挥动翅膀，向近在咫尺的山峰飞去，心想，两千米的高度，对云雀来说算不了什么，我不能再这样对自己没有信心。

一到云端，我就准备完成这座山的山名所赋予的使命，

因为我是一只鸟。云中酝酿着暴风雪，除了飞舞的雪花什么
也看不见。我惊喜万分，干脆在地上坐下来，欣赏这景色。
刚才，我飞速登山，浑身发热；现在，脱下帽子，让自己的
脑袋在这天赐之物中冰一冰，真是美妙。我从来没有见过雪
下得那么大：雪花那么硬、那么厚，要睁开眼睛颇为不易。
"如果你想知道雪的秘密，现在请看清了：你既在造雪厂里，
又在发射筒里。"工业间谍发现了令人难以置信的东西：没
有什么比发生在自己眼前的事情更神秘。

　　我不知道云是喜欢我还是喜欢山峰，它不再离开。我突
然发现，我的头发已经和我下巴上的"冰胡须"一样白了：
我一定像个隐居的老头。

　　"我要到那家客栈去躲一躲。"我想，但我几乎立即意
识到，刚才并没有看见客栈，而地图上标明就在下面一点的
地方有一家。地图是去年出版的，难道在这期间山姥把那间
房子毁掉了吗？我马上开始寻找。暴风雪越来越大，现在正
席卷整个山顶。我无法走出云团了，于是绕着山峰盘山而下，
以确保一定不错过那家客栈。当时是伸手不见五指。人醒了，
梦游却没有结束。

　　突然，我的手指碰到了坚硬的东西——客栈！"有救了！"
我大叫起来，在小屋四周摸索着，找到了门，一头扑了进去。

里面，空无一人。地面、墙和屋顶全都是木头的。地上有块旧布，盖着一张暖桌。当我看见极为丰盛的食物时，我瞪大了眼睛。炉子还是烫的，我又欣喜又惊讶，忍不住大喊起来。拜占庭！

暖桌不单是取暖的东西，而更多的是一种生活方式。在传统的屋子里，客厅的一大角挖一个方形的大洞，洞的中间放一个金属锅。人们坐在地上，腿泡在装满热水的池子里。一张巨大的毯子盖住这热气腾腾的池子。

我认识一些日本人，他们诅咒暖桌："整个冬天我们都被这厚厚的被子压着不能动，成了这个洞穴的囚犯。我们被迫陪着别人，忍受着老年人让人昏昏欲睡的絮叨。"

现在，我一个人就享受着一张暖桌。"一个人？谁生的炉子？"

"趁主人不在，脱掉衣服吧！"我这样对自己说。于是，我脱下被汗水和雪水湿透的衣服，把它们挂在四周，好快点烘干它们。我的背包里带着睡衣，我一边穿上，一边自嘲："带了一件睡衣，为什么不是带一件晚礼服？我应该更聪明一点，带些换洗的衣服。"我坐在暖桌边，吃着东西，听着暴风雪在外面咆哮。我为自己的处境感到高兴。

我焦急地等待男主人或女主人的到来，他或她应该每天都来，给锅添加燃料。我想象着如何跟主人说话，这种谈话一定非同一般。

突然，发生了一件让人很尴尬的事：小便。我应该早就想到的。厕所就是外面的山。穿着睡衣走到暴风雪中，意味着把最后一件干衣服也弄湿，但我不想再穿上已经湿了的衣服。

没有更多的办法了。我脱掉睡衣，深深地吸了一口气，然后冲到外面，就像跳进云里一般。我光脚踩着雪，一丝不挂地蹲下，在慌张和兴奋中匆匆解决问题。天黑了，看不见满天飞舞的白雪，不过可以通过其他感官察觉到它的存在：可以触碰到，能让人尝到白色、闻到白色、听到白色。我双脚被冻得发痛，赶紧回到屋里，钻到暖桌中。主人没有看到我的那些动作，我悬着的心放下了。当炉子烘干我的皮肤后，我重新穿上了睡衣。

我在盖着暖桌的被子底下躺下来，想睡一会儿。慢慢地，我发现，由于刚才在外面"锻炼"了一下，我的手脚无法变暖了。尽管我裹着暖被，尽可能地靠近火炉，但一切都白搭。我浑身哆嗦。暴风雪所咬的伤口太深了，我已经无法把它冰冷的牙齿从身体里拔出来。

最后，我别无选择，只能做一件蠢事：在二三度烧伤与死亡之间，我选择了烧伤。我把炉子抱在怀里，与滚烫的金属亲密接触，只隔着一层睡衣和薄被单。这时，我才意识到问题的严重性：我什么也感觉不到了。我的皮肤肯定已被烤伤，但它毫无感觉。

我用手指试了一下——仿佛只有我的末节指骨还有神经末梢，证实炉火确实是在熊熊燃烧。我成了一具尸体，只有末节指骨和大脑还能用。大脑已经发出警报，但没有用。

如果我还能哆嗦那该多好！我的身体已完全死了，不会再出现这种有益的反应。它成了被冻住的铅块。幸运的是，它还有痛感。我竟然为这种痛苦而感到庆幸，它是我还属于这个生者的世界的最后证明。这种痛苦令人怀疑，它颠倒了感觉：火炉把我冰着了。但这也比我没有任何感觉好，那一刻，真是可怕而危急。

要知道，我太害怕山姥的煮锅了！在我小时候，我的奶妈曾低估了山姥的残酷。她没有把孤独的漫步者变成汤，而是把他们冷藏了起来——也许是想以后用来煮汤。想到这里，我不禁笑了起来，这竟引起了连锁反应，我终于产生了有益的神经反应——颤抖。我的身体开始像机器一样抖动起来。

但痛苦并没有减轻，知道自己将在这里继续生活下去之后，黑夜就变得漫长了，它将持续十年。我将活到一百岁，靠着我已经感觉不到烫的火炉，在倾听中度过漫漫时日。首先是听暴风雪，它久久地在山中肆虐，离开之后，留下一片让人害怕的寂静。

然后是像世界上所有的动物那样，满怀希望，倾听那一奇迹的到来。那是大家都知道的奇迹，名叫早晨——可它为什么姗姗来迟！

我在心中暗暗发誓："以后，每当睡在床上的时候，不管床是多么简陋，都要为它祈祷，快乐地流下眼泪！"直到今天，我都没有违背过这一庄严的誓言。

就在我等待曙光出现的时候，我似乎听到小屋里有脚步声，我没有勇气把头从暖桌里伸出来，也无法证明这是我被冻得产生了幻觉，还是真的有人来了。我太害怕了，抖得越来越厉害。

很可能是野兽，但这脚步声更像是人发出的声音。可如果是人，他应该看见了我扔得到处都是的衣服，知道我在暖桌下面。我本来可以说些话，以表示我没有睡着，可我不知道说什么，害怕使我失去了说话的能力。

不久，这声音消失了，也许根本就没有存在过。突然，我屏住呼吸，听到外面一片死寂：宇宙这一神圣的呼吸意味着黎明即将到来。

我毫不犹豫地从暖桌里跳了出来：没有任何人，也没有人的迹象。这时，我意外地发现，我挂在那里晾的衣服都冻住了，这表明小屋里的温度有多低。我把脚伸进裤管，就像穿越冰块一样。更糟的是，我的后背碰到了结了霜的 T 恤衫。幸亏我没有时间分析这种感觉。离不离开，这是决定生死的问题：必须驱赶越来越强烈的不断袭击我的寒冷。

开门时我深感震惊，那种感觉永远无法描述，就像是掘开坟墓，揭开其中的秘密。面对这陌生的世界，我愣了好几秒：昨晚把它掩藏起来的暴风雪，现在又给它覆盖上几米厚的白茫茫的新雪。我的耳朵听得真切，黎明隐约现出了日光，再也没有一丝风，也没有猛禽的叫声，只有冰天雪地的寂静。雪地上没有任何脚印：夜间的访客，如果确有其人，也只能是山姥。她来检查捕捉孤独的漫步者的陷阱是否有效，并根据挂在那里的衣服来判断是什么性质的猎物。我欠暖桌一个很大的人情：没有它，我就不可能活下来。但如果我还想继续活下去，那就不能再等了——已是早晨五点十分。

我冲进这美丽的景色。啊，跑，那是多么美好啊！空间解放一切。把自己播撒在宇宙中，再痛苦也在所不惜。难道，世界那么大，大得没了影子？俗话说得好：逃跑，就是自救。如果你死了，那就离开！如果你感到痛苦，那就动！除了活动，没有其他法则。

黑夜把我囚禁在山姥家中，曙光把我解救了出来，让我继续在山中行走。我很开心：不，山姥，我不是你的美餐，我是个活人，我向你证明，我逃跑了，你永远也不会知道我是多么难吃。我像周围的雪一样一夜未眠，但我具有生者不可思议的力量。我在山中奔跑，山太美丽了，我可不想死在这里，玷污它。每当我来到一个高坡，我都会发现一个美丽的世界，它圣洁得让人感到害怕。

害怕，是的。逃出来之后，我应该认出昨晚见过的景色，可我什么也没见到。难道暴风雪彻底改变了世界的面貌？我抓住地图，锁定方向——富士山。它离这里很远，但一旦看见了它，我的方向就是对的。在这之前，我好不容易找到了一个看不见富士山的地方，那就是我现在所处的地方。让我跑到别的地方去吧！

我迷路了，心里却感到高兴，我跑得越来越快。山姥，我遇到过你。没有一个人到过我去过的那个地方。我硬充好汉，以掩饰内心的恐惧。昨晚，我逃脱了死神。现在，它又把我抓住了。文字记载，我将在二十二岁的时候死于日本的山中。人们会找到我的尸体吗？

我不想死，于是又跑。人怎么能这么个跑法？上午十点，天空已变得瓦蓝，没有一丝云。这是一个晴朗的日子，可不能去死。查拉图斯特拉将拯救她的生命。我的大腿如此强壮，它们吃掉了山峰。你们想不到它们的胃口有多好。

可是，我跑来跑去，没有找到任何东西。每当我来到一个高坡，我都会祈祷，富士山啊，快快出现吧！我呼唤它，就像呼唤自己最好的朋友。还记得吗，老兄，我曾躺在你的火山口，大喊着问候日出？我是你的家人，求你了，承认吧，认了我吧！我是你的亲人之一，请在这个高坡上等我。我拒绝所有神灵，只相信你。出现吧，我迷路了。只要你出现，我就会得救。我来到了山脊，却看不到你。

我的力量变成了失望，我一直在跑。快到中午了。我已迷路近七小时，情况变得越来越严重。我的机器在空转，夜晚即将来临，把我淹没在它黑色的雪中。我在这个世界上跑到头了。我不敢相信。查拉图斯特拉不可能死，这是永远没有过的事。

新的山坡。我不再抱有希望，但仍然爬了上去。我没有什么可以失去的了，我已经失去了一切。我饿得双腿无力，再也没有力气，每走一步都要付出巨大的代价。前面就是山巅，新的失望，这是毫无疑问的。我冲刺了最后几米。

富士山出现了，出现在我眼前。我腿一软，跌坐下来。没有人知道它是多么高大！我找到了能看到它全景的地方。我哭着，喊着，你太伟大了，你宣布了我的新生！你太美了！

得救了，我的内心不再紧张，精神放松下来。我感到浑身无力。富士山啊，我就让你待在那儿，作为一个永远的证明，证明你面对的不是一个毫无表情的人。我露出了幸福的笑容。

到了正午。我望着山脊，只要沿着它走就可以了。我目测估计六小时就能下山。如果知道自己将活着，走六小时又算什么？

我沿着山脊跑起来。在这太阳高挂、天空碧蓝的六小时当中，富士山属于我一个人。这六小时不足以容纳我的狂喜。喜悦就是我的能源，没有比它更好的能源了。查拉图斯特拉从来没有跑得这么快过，也没有这样欣喜过。我用"你"来称呼富士山，我在山上跳舞。感觉好极了，我希望永远不要停下来。

这是我生命中最美丽的六小时。我在喜悦中行进。我现在知道了凯旋的音乐为什么叫进行曲。富士山布满了天空，有座富士山属于全世界，但有座富士山完全属于我一个人，没有见过富士山的人将永远后悔。没有人比我更清楚富士山是多么伟大和壮丽，但这并不妨碍它成为我们最好的旅伴。它是我最好的朋友。查拉图斯特拉自命不凡。

终于，到了山下。天也刚好开始发黑。回程太快，有点不过瘾。我向我最好的朋友鞠了个躬，跳到再也看不到它的山谷里。时间已经不早。我与夕阳比速度。没有见到昨晚经过的任何地方，我一定是完全迷路了。但就在天黑的时候，我来到了一个村庄。

我坐火车回到了东京，惊愕地看着周围的人类。我的模样似乎并没有使他们感到震惊。我想，我的壮举从脸上是看不出来的。下了火车，我换乘地铁。当时是周日晚上十点，大家与平时完全没有两样。而我，从任何意义上来说，都与以前不一样了。

到了我住处附近的地铁站，我下了车。家里有暖气，有床，有浴缸：我的生活并不奢侈。电话在不停地响，我拿起电话，电话那头有个活人在跟我说话。

"谁呀？"我问。

"终于找到你了，阿梅丽。是我，伦理。你听不出我的声音了？"

我不敢回答他说，我甚至已经忘了还有他这么一个人。

"你回来得那么晚，我都急死了。"

"我会告诉你的，但我现在太累了。"

趁浴缸在放水，我照了照镜子。我从头到脚都是深灰色的，没有被火炉烫伤的任何痕迹。人的身体真是一个伟大的发明。

我迈进暖暖的浴缸，突然间，我的身体吐出了它里面的寒冷。我因舒服和失望而哭了起来。死里逃生者知道人们永远都不会理解他们。我的情况更是如此：我从某些太美、太伟大的东西里面逃了出来。我想让人们知道那种崇高的美，但我也知道我将无法跟他们说清楚。

我躺了下来，马上发出一声叫喊：这张床是个陷阱，太舒服了，让我遭受了精神上的创伤。我想起了那个抱着炉子的可怜女人：无论是从历史的角度还是地理的角度，她都与我保持着一段距离。从此，我念念不忘的众多事情，又增加了山中的那个可怜女人，还有在山顶与富士山一起跳舞的查拉图斯特拉。除了过去的我，我也将永远成为那些人当中的一员。

各种身份的我都已经很久没有睡觉了，甚至从来就没有睡着过。现在，睡意阵阵袭来，让她们都集中在我身上。

*   *   *   *

最可怕的是，经过这种历险之后，生活还在继续。第二天，我在班上想讲一讲，可同学们都不以为意，一心想着即将来临的假期：一周多的假，他们将去夏威夷。

白色的奔驰轿车在门口等我。

"你要是知道我遇到了什么事就好了！"

"我们去吃中国面条好吗？我饿扁了。"

在餐桌上，我试图详细地讲述覆盖着白雪的竹林、暴风雪、在山姥家度过的夜晚、山中迷路、跑了几小时、迎面撞见富士山——听到这里，伦理大笑起来，因为我大大地伸开双臂，想让他知道火山有多大。那种壮观是没有办法描述的，要么不够有趣，要么太滑稽。

伦理抓住我的手。

"和我一起过圣诞节好吗？"他请求道。

"好啊！"

"二十三日到二十六日，我带你去旅行。"

"去哪儿？"

"你会知道的。带些厚衣服。不，我们不去山里，我向你保证。"

"圣诞节对你来说重要吗？"

"不重要。但这次，是的，很重要，因为和你在一起。"

最后一周的课。很快，我就要不属于大学生群体了。我已经参加了考试，明年初，我将进入一家日本大企业。前途光明。

一个加拿大女同学问我是否会嫁给伦理。

"我不知道。"

"小心点，这种婚姻会生出可怕的孩子。"

"你说什么呀？欧亚混血儿才漂亮呢！"

"但很恐怖，我有个女朋友嫁给了一个日本人。他们有两个孩子，一个六岁，一个四岁，孩子们把母亲叫作'尿尿'，把父亲叫作'屎屎'[1]。"

我大笑起来。

"也许他们是对的。"我说。

"你怎么还笑得出来？如果这事落到你头上呢？"

---

1 与日语和法语的发音有关。

“我没想过要孩子。”

“啊，为什么？这不正常。”

我走开了，心里哼着布拉桑[1]的那首歌：“不，诚实的人们不喜欢 / 别人走另一条路。”

十二月二十三日早上，白色的奔驰轿车在深灰色的天空底下等待。道路漫长、丑陋，让人感到压抑，因为日本也是一个很乏味的国家。

“我知道待会儿会知道的，不过，你现在能告诉我究竟去哪儿吗？”

“无论景色如何，你都不会失望的。”

“自从‘几袋’之后，我们都走过了什么道路呀！”我想。也许，不打烂几个鸡蛋就学不好法语。

突然，我看见了大海。

“日本海。”伦理庄严地说。

“我小时候已经在鸟取市见过了，我差点在那儿淹死。”

“可你还活着。”这小伙子想原谅这片神圣的大海。

他把车停在新潟港。

---

1 乔治·布拉桑（1921—1981），法国著名歌手。

"我们坐船去佐渡岛。"

我高兴得跳了起来。我一直梦想去看看那座著名的岛屿，据说那里很美，充满了野趣。伦理从后备厢里拿出一个大大的手提箱。渡海似乎很冷，时间很长。

"日本海是一片阳刚的雄性大海。"伦理说。

这句话我在日本人嘴里听到过无数遍，但我从来未置一词，我实在太困惑了。最初，我还以为大海里能冒出胡须来呢！

船靠岸了，我们来到了岛上。码头很简陋，与鸟取的港口形成鲜明的对比。一辆二十世纪六十年代的汽车开了半个来小时，把我们送到一家古老而宽敞的旅馆。旅馆位于小岛的中心，能听见涛声，却看不见大海。四周就是原始的大自然，几乎无人涉足。

天开始下雪。我很激动，建议出去走一走。

"明天吧，"伦理回答说，"已经下午四点了，这一路把我累坏了。"

也许他是想享受享受豪华的旅馆，我不能说他不对。传统的房间非常漂亮，散发出新鲜榻榻米的味道，每个房间都有可以入禅的大浴池，一根竹子不停地把滚烫的热水输送过来。为了不让水溢出，粗石浴池上开了个洞，洞的上面刻着一些烧毁的草垛，这些象形文字的意思是"乌有"。

"形而上学！"我大叫起来。

我们根据习俗，在身上擦了香皂，然后用小盆冲洗干净。而后，伦理和我坐进那个不可思议的浴池，好像再也不想出来。

"旅馆的公共区域里好像还有一个更著名的浴池。"他说。

"不可能比房间里的更好。"我回答说。

"你错了，它比房间里的浴池大十倍，水从一堆竹子里流出来。是露天的。"

最后一句话起了作用，我坚持要去。那里没有一个人，太幸运了，因为根据古代习俗，男女是混浴的。

雪中裸体泡温泉！我兴奋地大叫起来。在这个池子里，让冰雪落在头上，那多么快乐啊！

半小时后，伦理出了浴池，穿上浴衣。

"就要走了？"我问。

"泡得太久对身体不好。走吧！"

"没事。我再泡泡。"

"随你吧！我回房间去了。别太久了。"

现在，这地方就属于我一个人了，我高兴地仰浮在水面上，让整个身体都能神奇地接触到冰冷的物质：冰雪击打在身上，背部却泡在热腾腾的水中，这也太惬意了！

可惜，独处的时间太短了。旅馆里负责后勤的一位老先生过来打扫浴池边缘。我马上把裸露的身体浸到水中，并且划动着手脚，想把水搅浑，以遮身掩体。

这个八十多岁的老人又矮又瘦，像丛小灌木，似乎从来没有离开过这个岛屿。他用细枝扫帚认真地清扫池边，脸上毫无表情。我放心了。但他全都打扫完之后，又开始新一轮的打扫。而且，他等伦理离开之后才开始打扫，这不能不让人怀疑。

我看见老人扫去慢慢地堆积在浴池四周的雪。可是，雪肯定会下很长时间，他不会离开旅馆了。事实上，只要他还在，我就出不了水：从水里跳出来到抓住浴衣，我肯定有几秒是赤身裸体的。

当然，我不会有任何危险。小岛上的这个老人穿着的衣服貌似有四十五公斤重，他的年龄使他更不具危险性，但这种状况仍让人很不开心。我的双臂和双腿都累了，工作效率不那么高了，很难再保证浴池里的水不那么清澈见底。那个老前辈好像什么都没看到，他应该觉得这一幕超有趣。

我决定给他一个下马威，让他无言以对。我的下巴朝他的扫帚扬了扬，不客气地对他喊：

"Iranai!"

用大家都懂的话来说，就是"用不着！"的意思。

他说他不懂英语。这一回答证明这人有恶意，我不再怀疑他的坏。

然而，还有更倒霉的呢：我感到自己快要晕倒了。伦理说得对，不该在这滚烫的腌泡坛里待得太久。不知不觉间，我已经筋疲力尽。我发现自己很快就要真的晕倒在池子里了。那个老头会以救我为借口，想对我怎么样就对我怎么样。恐怖啊！

而且，晕倒之前有一个十分难受的阶段。好像有千万只蚂蚁钻到了我的身体里面，搅动我的内脏，让我恶心得要吐出来，同时还伴随着一种说不出来的虚弱。阿梅丽，如果你还能够从这里出来，那就出来，马上，否则会有更严重的后果等着你。他会看见你赤身裸体，活该你倒霉！

于是，那个老人看见一截白色的东西从水里飞溅而出，冲向浴衣，然后把自己裹起来，跑着逃走了。我飞奔到房间里，伦理看见我突然蹿进门来，然后倒在床上。我还记得终于可以晕过去的时候，我本能地看了一下时间：晚六点四十六分。随后，我便坠入了无底的深渊。

我在旅行，探索十七世纪的京都庭院。山上站着一群贵族，男的女的都有，穿着华丽的紫色和服。队伍中走出一个女子，穿着宫服，也许是紫式部[1]。她抱着古筝，唱起一首和歌，歌

---

1 紫式部（约 978—约 1016），日本著名女作家，《源氏物语》的作者。

颂着长崎的夜晚。

这类活动持续了数十年。我慢慢地走进了过去的日本，从事让人羡慕的职业：司酒官。在京都当司酒官，我没想过要放弃这个职位，却被猛然召回到一九八九年的十二月二十三日。时钟指着七点十分，我怎么能在二十四分钟之内经历这么多事情？

伦理一直没有干扰我晕厥。现在，他坐在我身边，问我发生了什么事。我跟他说起了十七世纪的事。他有礼貌地听着，然后问：

"是的。不过在这之前呢？"

我回想起来了，便用不那么有诗意的口吻，向他讲起了那个以打扫为借口来偷窥不穿衣服的白人女子的坏老头。

伦理拍手大笑起来：

"我太喜欢这个故事了，以后多给我讲讲。"

这一反应让我不知所措。我还以为伦理会感到愤怒，并准备为此付出代价，可他乐得大笑，还模仿着那情景，像老头一样弯着腰，假装拿着一把扫帚，恶狠狠地斜睨着浴池，然后模仿着我的动作，说"Iranai!"，接着模仿老头用颤抖的声音回答说他不懂英语。他一边笑一边演。我打断他的话，说：

"这个岛的名字起得可真恰当。"

他笑得越发厉害。这一文字游戏在日语里效果更佳，因为那个了不起的大臣，他的名字在日语里就叫佐渡。

这时，有人敲门。

"准备好吃大餐了吗？"伦理问。

拉门滑到一边，走进两个可爱的当地女子，她们在房间里支了几张矮桌，然后在上面放满了好吃的东西。

面对这些日本料理，我全然忘了那个卑鄙的老头，大快朵颐。她们给我们上了各种清酒。我断定我晕过去的时候做的梦是个先兆，于是好奇地等待下文。

第二天早上，佐渡岛白茫茫一片大雪。

伦理和我一直来到最北的海岸。

"看见那里了吗？"他指着水天连接之处。我们猜想那是海参崴。

我钦佩他的想象力，但他说得对："在这监狱般的云层那端，唯一可能的陆地便是西伯利亚。"

"是否绕着岛走一圈？"我建议。

"你没有概念，路太长了。"

"走吧，看看大雪覆盖的海岸太难得了。"

"在日本见怪不怪。"

在海风中走了四小时以后，我已经变成一块会动的冰坨。我宣布放弃。

"太好了！"伦理说，"环岛一周，还需要十来个小时，还不包括回到位于佐渡中心的旅馆的时间。"

"我建议抄最近的小道。"我嚅动着青紫的嘴唇。

"这样的话，我们两小时后就可以回到房间。"

内陆要比海岸美很多，也更令人惊讶。最吸引人的，是白雪覆盖下的那一大片柿子园。大自然真是奇特，像所有果树一样，柿子树在冬天也会掉叶，但绝不掉果，哪怕熟透了的柿子也不会掉。有的活柿子树甚至能挂死果，不过，那时还没到死果季节，所以我看到了最让人惊讶的圣诞树：那些黑色的柿子树，光光秃秃的，没有一片叶子，却挂满了成熟的柿子，十分诱人。白色的雪积在金黄色的柿子上，像亮晶晶的花冠。

这样的树只要有一棵就足以让我激动，何况遍地都是。它们一动不动地矗立在荒芜的草地上：我不住地回头，又是喜欢，又是向往，因为柿子恰好是我最喜欢吃的水果。可惜，尽管跳了又跳，我还是够不着，没能摘到一个柿子。

"仙境般的地方，"我想，"不该总是想把它们都吃掉。"

但最后这个理由并没有把我说服。

"走吧，"伦理说，"冷死了。"

一到旅馆，他就消失了。我匆匆洗了个澡，倒在床上。迷糊之中，我没有看见他回来。当他把我弄醒的时候，已是晚上七点。那几个当地女子又及时送来了大餐。

吃东西的时候发生了一个小事故。她们端来了一些活的小章鱼，我大致知道怎么个吃法，因为已经有过不那么让人愉快的经历：人们当着你的面宰杀鱼类等海鲜，目的是保证新鲜，你得赶快吃掉。我把还在动的章鱼肉片胡乱塞进嘴里，这时，正在弄菜的一个厨师开心地看着我，说："还活着呢，是吗？您尝到了鲜活的味道。"我从来不觉得人们应该这样野蛮地去品尝这种味道。

看到这些章鱼的时候，我感到格外不舒服：首先，没有什么比这些有触须的动物更可爱的了；其次，我从来就不爱生吃章鱼。但拒绝某道菜是不礼貌的。

我在她们杀章鱼的时候把头扭了过去。其中一个女子把第一只杀死的章鱼放在我的碟子里，那只又小又漂亮的章鱼就像一朵郁金香，我的心都要碎了。"赶快嚼，吞下去，然后说你已经饱了。"我这样对自己说。

我把章鱼塞到嘴里，试着用牙齿咬它。这时，发生了一件十分残忍的事情：章鱼的神经还没有死，它进行了反抗，已经断了的躯体开始报仇，用它所有的触须抓住我的舌头，不再松开。我大叫起来，发出舌头被章鱼咬住的人所发出的那种声音。我伸出舌头，让大家看看我出了什么事。那些女子爆发出一阵大笑。我想用双手把章鱼扯下来——不可能，吸盘吸得牢牢的。我觉得都要把自己的舌头扯断了。

伦理被吓坏了，一动不动地看着我。至少，我感到有人能理解我。我用鼻子发出呻吟，希望那些女子不要再笑了。她们当中的一个也许觉得玩笑已经开了够长时间，便用筷子对准进攻我的那只章鱼，在关键部位一捅，章鱼马上就松开了。既然这么简单，她们为什么不早点救我？我看着碟子里被我吐出来的章鱼，心想，这座岛真是名副其实[1]。

那些女子把东西撤下去之后，伦理问我是否已经平静下来。我笑着回答说，这是一个让人震惊的圣诞之夜。

"我有个礼物要送给你。"他说。

他拿出一条翠绿色的丝巾，里面包着一个重重的东西。

"丝巾里是什么？"

"打开。"

---

1 佐渡（Sado）在西方语言中意为"残暴、施虐"。

　　我解开日本的传统丝巾，觉得这种送礼的习俗挺有趣。突然，我发出一声惊叫：里面包着很多柿子，已被冻得像一颗颗巨大的红宝石。

　　"你是怎么弄到的？"

　　"你睡觉的时候，我回果园，爬到了树上。"

　　我扑过去搂住他的脖子：我还以为他消失是为黑帮效劳去了呢！

　　"你可以现在吃吗？"

　　我一直不明白他为什么那么喜欢看我吃东西，不过我还是开心地照办了。有成熟的柿子吃，却偏偏要去杀章鱼！柿子被冻过之后就像是果汁珍珠雪糕。雪具有一种惊人的美食功能：它能使果汁更多，口感更好。它就像个烹饪大师，奇迹般地让食品变得更加鲜美。

　　我高兴坏了，一个接着一个地吃柿子，眼睛里充满喜悦的光芒，直到把柿子全都吃光才停下来。丝巾里面空了。

　　伦理盯着我，激动得都快喘不过气来了。我问他看到这场面是否很开心，他却揭开崭新的包装纸，递给我一个包着薄纱的小盒子。我恐惧地打开（这种恐惧很快就得到了证实）：一枚镶着紫水晶的白金戒指。

　　"你父亲的东西越做越好了。"我结结巴巴地说。

"你愿意嫁给我吗？"

"你觉得我还有哪根手指是空的吗？"我说着，把自己的手指伸给他看。我的手指上戴满了他父亲的作品。

他算起来，对我说，如果我把缟玛瑙戒指移到小指，把锆石戒指移到中指，把白金戒指移到大拇指，把蛋白石戒指移到食指，我的无名指就可以空出来了。

"真聪明。"我调侃道。

"这么说，你不愿意？"他问。

"我没有这样说。我们还年轻。"

"你不愿意。"他冷冷地重复道。

"结婚之前，还有一个叫作订婚的阶段。"

"别以为我是火星人，我知道什么叫订婚。"

"你不觉得那是个很美丽的词吗？"

"你提起'订婚'这个词，是因为它美丽，还是因为你拒绝嫁给我？"

"我只希望事情能中规中矩。"

"为什么？"

"我有我的原则。"我惊讶地听到自己这么说。

日本人很尊重这类理由。

"订婚要持续多长时间？"伦理好像想打听这一规矩。

"不确定。"

这一回答让他有些不高兴。

"'订婚'与'信赖'出自同一词源。"我补充说,为自己辩护,"未婚夫就是给对方以信赖的人。很美,不是吗?而'婚姻'这个词的意思太俗,指的是结婚合约。"

"这么说,你永远不想嫁给我。"伦理得出这么一个结论。

"我没有这样说。"我发现离题太远了。

两人都很尴尬,没有再说话。最后,我终于打破了这种沉默,说:

"我接受你的订婚戒指。"

于是,他开始在我当时很粗的手指上实施他刚才所说的办法,把镶嵌着紫水晶的白金戒指戴在了我腾出空来的无名指上。

"你知道吗,老人们说,紫水晶有醒酒的功效。"

"那我就太需要了。"伦理又变得情意绵绵起来。

几小时后,他睡着了,我却开始失眠。想起伦理的求婚,我觉得就像被死章鱼的触须抓住舌头一样。这一令人不愉快的联想应该与这两个可以说是同时发生的插曲毫无关系。我试图安慰自己,对自己这样说:"我已经成功地摆脱了吸盘的抓吸,也无限期地推迟了结婚的危险。"

况且，他还给我摘了柿子。新夏娃在果园里没有摘到她想吃的果子。新亚当学会了献殷勤，给她摘来一大包，含情脉脉地看着她吃。新夏娃却对这罪人小气得很，甚至没有请他也尝一口。

我很喜欢这种"新版本"，觉得它不但古典，而且更加文明。然而，故事的结尾由于求婚而显得不那么光明了。为什么快乐总要付出代价？为什么享乐的代价是不可避免地失去原有的轻松？

就这个严肃的问题考虑了几小时后，我终于产生了一丝睡意。我做的梦是可以预见的。在一个教堂里，一个牧师在替我证婚，我要嫁给一只巨大的章鱼。它把戒指递给我，我给每条触须都戴上一枚。那个代表着上帝的牧师说：

"您可以拥抱您的妻子了。"

章鱼把我的舌头吸进它的嘴里，再也不松开。

　　第二天，当地的汽车把我们送到码头。在船上，伦理看着远去的岛屿，说：

　　"离开佐渡，我很伤心。"

　　"是啊。"我回答说，有点假惺惺。

　　我会怀念那些柿子的。

　　伦理的眼睛湿漉漉的，他看着我，突然大声地说：

　　"我的佐渡未婚妻！"

　　将来还了得！

　　奔驰轿车在新潟等我们，把我们送回了东京。路上，我问自己这个不断地跳出来的问题：为什么我没有说"不"？我不愿意嫁给伦理。而且，一想起结婚我就会不高兴，永远如此。既然这样，我为什么不拒绝呢？

　　对这个问题的解释是我很喜欢伦理。拒绝意味着断绝关系，而我不想断绝与他的关系。那么多的友谊、喜爱和欢笑把我与这个多情的小伙子联系在一起。我不想放弃他甜蜜的陪伴。

我要谢谢发明订婚的人。生活中充满了坚如磐石的考验，不过，还是有弯弯流水穿越其中。《圣经》，这崇高的精神之约，它通过卵石、岩石和史前留下的糙石巨柱，告诉了我们一些让人赞叹的永恒原则："你们的话，是，就说是；不是，就说不是；若再多说，就是出于那恶者。"[1] 只有那些立场坚定、团结一致、受到大家尊敬的人才能不动摇。相反，有些人做不出这种坚决的行为，对他们来说，要前进，只能靠钻、靠溜、靠绕。当人们问他们愿不愿意娶某人，他们会提出来先订婚，这是一种液态的婚礼。当他们表现出像水一样的真诚时，态度坚决的家长们会把他们看作叛徒或是说谎者。如果我是水，我对你说"是"，那是什么意思？表明我会嫁给你吗？显然是说谎。水是留不住的。是的，我会滋润你，把我的财富慷慨地献给你，给你清凉，替你解渴。可是，我知道自己这条河将流向何方吗？如果你的未婚妻是条河，你永远无法在同一条河里沐浴两次。

那些像水一样流动的人，当他们的态度变化无穷，以避免

---

1 《马太福音》，第 5 章，第 37 句。

种种冲突时，便会引起人们的蔑视。高尚的道德就像一块块巨石，人们不断地赞美它们，它们却是所有战争的根源。当然，对伦理而言，这不是国际政治问题，但我得在两种巨大的危险之间做出选择：一个叫作"好"，它是"永恒""肯定""坚固""稳定"的同义词，能冻住让人恐惧的水；还有一个叫作"不好"，它可以解释为"痛苦"和"失望"。我还以为你爱我，"从我眼前消失吧！"，你却似乎那么高兴。别的言之凿凿的话会让愤怒的水沸腾起来，因为那些话不公正，太野蛮。

找到了订婚这个解决办法，真让人大大地松了一口气！这是一个液态的回答，在这件事上，它没有解决任何问题，只是把问题往后推了，但赢得时间是人生最重要的事。

在东京，我出于谨慎，没有跟任何人说起过订婚这事。

一九九〇年一月初，我进了日本七大公司之一，它在商业方面掌握着日本的实权。我像所有雇员一样，想在那里工作上个四十来年。

我在《诚惶诚恐》一书中讲过我为什么没能坚持到一年合同期满。

那是下地狱，平庸至极。如果在那里干下去，我的命运将与日本的绝大多数雇员没有根本的区别。而且，我是个外国人，有的方面又笨手笨脚，所以我的情况只能比他们更糟。

晚上，我去找伦理，把白天的经历告诉他。我没有一天不受各种侮辱。伦理听我说着，为我所忍受的事情而痛苦万分。当我讲完我的故事时，他摇摇头，以日本人民的名义请我原谅。

我安慰他说，问题不是出在他的人民身上。在那家公司里，我有众多重要的同盟者。但说到底，我的牺牲是一个人造成的，这在劳工界是很常见的事。诚然，她有强大的支持，但只要她的态度一变，我的命运就也将随之改变。

我过着双重生活。白天是奴隶，晚上是未婚妻。如果夜晚不是那么短暂，我也许还能得到补偿，可我在晚上十点之前无法见到伦理。那个时候，我就已经开始在凌晨四点起来写作。而且，有时工作没有做完，我晚上还得在公司里加班。

周末则消失在一个无底洞里，留不下任何回忆。我起得很晚，把衣服扔到洗衣机里，然后写作，把衣服拿出来晾干。——做完这些事后，我又带着一周的劳累，倒在床上。伦理像以前一样，想带我去做各种事情，可我已经没有力气了。他所能得到的，最多只是在周六晚上跟我去看电影，而我有时甚至会在电影院里睡着。

伦理勇敢地忍受着这个毫无活力的未婚妻，而连我自己都忍受不了。上班的时候，我能理解自己；离开了公司，我就成了一个根本无法理解自己的幽灵。

当地铁把我送到我的"受难地"的时候，我会想起以前的生活。前后才隔几个月。难以置信。在这么短的时间里，查拉图斯特拉能变成什么样？我真的徒步征服过日本的山峰？我真的像我记忆中的那样曾与富士山共舞？我真的与现在看着我睡觉的那个男孩有过那么多的快乐？

但愿我能让自己相信，低谷很快就会过去！可是不，我完全有理由认为，我正遭遇与大家一样的命运，它将伴随我四十年。我把这些都告诉了伦理，他急忙对我说：

"别再工作了。嫁给我吧，这样你的忧虑就可以结束了。"

我有些心动。远离这些痛苦，享受丰富的物质生活，永远悠闲地度日，唯一的条件是与一个可爱的小伙子生活在一起。谁会犹豫呢？

我自己也无法解释，我还在等待其他东西。我不知道那是什么东西，但我肯定在期盼它。如果你不知道渴望什么，这种渴望会显得更加强烈。

梦幻中唯一清醒的，是写作。它已经占用我很多时间。当然，我当时没有那么大的幻想，相信自己终有一天能够出书，更没有想到能以此为谋生手段。可我荒谬地想做一尝试，哪怕是为了将来不后悔，后悔自己当初没有尝试一下。

到日本之前，我从来没有认真想过这个问题。我太害怕收到出版社的退稿信了，而那种耻辱我觉得是少不了的。

现在，鉴于我天天碰到的情况，任何耻辱我都已经不怕了。

一切都非常肯定。理智在对我大声疾呼"接受这段婚姻"："你不但不用劳动就可以变得很富有，而且，你会拥有一个世界上最好的丈夫。你从来没有碰到过一个这么可爱、滑稽和有趣的男人。他没有缺点。他爱你，你也爱他，也许比你以为的还要爱。拒绝嫁给伦理无异于自杀。"

我无法下决心。这个"是"字难以从我嘴里说出来。就像在佐渡岛一样，我只能以拖延的办法来对付。

他常常向我求婚，而我的回答总那么闪烁其词。我表面上装作若无其事，其实羞耻得要死。我觉得给大家都带来了不幸，首先是给我自己。

工作的时候，是地狱。和伦理在一起的时候，我得到了我不配得到的甜言蜜语。我有时想，工作上的痛苦正是对我在爱情上忘恩负义的惩罚。白天，日本把它晚上给我的东西又全要了回去。这个故事的结局将很惨。

有时，我会感到去上班是一种解脱。我宁愿以和平为借口宣战，宁愿忍受被动的折磨，也不希望承受主动的痛苦。我一直讨厌权力，但我觉得让人服从我比让我服从别人更痛苦。

　　人生最大的危险是语言。一天晚上，已经到后半夜了，我困得要死，这时，伦理第二百四十次向我求婚。我太累了，都不知道要闪烁其词了，于是回答说"不"，然后马上就睡着了。

　　第二天早上，我在文具盒旁边发现了他留的一张字条，上面写着："谢谢。我太幸福了。"

　　我从中得到了具有很大的道德价值的教训："你因态度明了而让某人感到了幸福；应该敢于说'不'；让别人抱有虚幻的希望，这太不好了；模糊是痛苦的根源；等等。"

　　我去上班，收获每天必得的耻辱。晚上，伦理在公司的门口等我。

　　"我带你去吃饭。"

　　"真的？我饿扁了。"

　　"这种状况不会持续太久的。"

　　面对碗里的山蕨汤，伦理对我说，听到这个好消息，他父母都很高兴。我大笑起来，回答说：

　　"我并不感到惊奇。"

"尤其是我父亲。"

"这我就奇怪了。我还以为高兴的是你妈。"

"对一个母亲来说，看到儿子离开是最难受的。"

这话似乎给我大脑发出了一个警报。我不怀疑昨晚说了"不"，但我不知道那个有关结婚的问题是怎么问的。如果伦理是用否定的方式问的（这在这个复杂的国家是很常见的），那我就栽了。我试着回忆日语里回答否定句的语法规则，这跟保持探戈的步法一样难。我疲惫的大脑想不出来，于是求助于经验。我拿起一壶清酒，问：

"你不想再喝清酒了？"

"不。"这个年轻人有礼貌地回答。

我把没人想再喝的清酒重新放下。伦理似乎显得很困惑，但没有问我要，而是拿起酒壶，自己斟起酒来。

我用双手捂住脸。我明白了，他昨晚一定是这样问我的："你还是不想嫁给我？"而我是以西方人的方式回答他的[1]。后半夜，我往往会可恨地脑子糊涂。

这真可怕。我清楚地了解自己，知道自己不会讲出实情，不会让某个可爱的人不愉快。为了不让他失望，我会牺牲

1　在某些西方语言中，如法语，回答否定问句的时候用"不"，负负得正，即为肯定的意思。

自己。

我在想伦理是不是故意用否定句来问我的。我不相信是这样，但我不怀疑他不由自主地采取了这种狡猾的办法。

结果，我将因为语言上的一个误会而嫁给一个无意识使坏的可爱的小伙子。怎样才能摆脱这种困境呢？

"我通知了你父母，"他补充说，"他们高兴地叫起来了。"

当然，我父母喜欢这个年轻人。

"让我自己来告诉他们难道不是更好吗？"我问，尽管我已经决定不再用否定句来问问题。

伦理避开了陷阱。

"我知道。可是，你有工作，而我还在当学生。我想你没有时间通知他们。你会怪我吗？"

"不会。"我回答说。他没有用否定句问我，我感到挺遗憾的。否则，我可以根据文化差异，把我的想法告诉他。

"在我目前的情况下！"我最后总结道。

"你希望把日子定在哪天？"他问。

就剩下这个问题了。

"别这么急把什么都定下来，"我回答说，"不管怎么说，只要我还在弓元公司上班，那就结不了婚。"

"我理解。你的合同什么时候到期？"

"一月初。"

伦理吃完饭说：

"那就是说一九九一年。那将是一个回文之年[1]，适合结婚的一个千年。"

1 即 1991 倒过来读也是 1991。

一九九〇年糊里糊涂地结束了。

　　只有一件事是清楚的：我辞职了。弓元公司很快就失去了我宝贵的服务。

　　我同样希望能辞去我的婚姻。不幸的是，伦理越来越可爱，让人无法生气。

　　一天晚上，我听见内心有个声音在对我说："别忘了云雀山的教训。当山姥抓住你的时候，你找到了解决办法：逃跑。如果你无法用语言自救，那就用大腿逃跑。"

　　如果要逃离一个国家，这双大腿就是飞机。我悄悄地买了一张东京到布鲁塞尔的机票，单程票。

　　"双程票比单程票更便宜。"售票小姐说。

　　"一张单程票。"我态度坚决。

　　自由是无价的。

　　在离现在并不那么遥远的那个时期，电子机票还不存在。

那时的机票是硬纸做的，过塑，放在包里或口袋里是实实在在的，摸得着，每天可以无数次用手去证明它的存在。不便之处是万一弄丢了，要再补一张就等于异想天开。好在我绝不会弄丢这张象征着自由的机票。

伦理的老家在名古屋，我和他在水泥城堡过了三天。在日本，只有新年的这三天是真正不用工作的，甚至不能做饭。他母亲在一个传统的漆盒里装满了为这三天假期所准备的食物：荞麦面、甜豆、米糕和一些好看而不好吃的怪东西。

"不想吃就别吃，别让自己觉得是被迫的。"伦理说。他给自己煮了意大利面，一点都不感到难为情。

我没有觉得是被迫的：不好吃，但亮晶晶的甜豆在黑漆盒中有反光，深深地吸引了我。我把那个方盒子端到眼前，用筷子一粒一粒地去夹豆子。我不想错过任何好戏。

那几天过得很高兴，这大大有利于隐藏那张机票。我带着善意的好奇看着这个年轻人：真的是他，这个小伙子，我和他幸福地度过了两年。现在，我准备要逃离他。多么离奇的故事，多么荒唐的浪费——他不是有着世界上最漂亮的脖颈、最优雅的举止吗？我跟他在一起的时候不是真的感觉很好吗？既充满新奇，又感到放松，这应该是最理想的二人世界了。

　　而且，这不是我最喜欢的国家吗？这不是这个可爱的岛国没有抛弃我的唯一证明吗？这不是获得它宝贵的国籍最简单、最合法的办法吗？还有，我不是对它有着真正的感情吗？是的，当然。我非常喜欢它，而这种非常，对我来说，是很少见的。不过，正因为这句话中有"非常"这个词，我才下决心要赶快离开这个国家。

　　我只要幻想撕了那张机票，我对伦理的绵绵情意就会变成充满敌意的恐慌。相反，只要摸一摸口袋里的那张冰冷的机票，我就能感到交织在心中的欣喜和罪恶，它就像爱情却又不是爱情；它如神圣的音乐激动人心，像是信任却又不是信任。

　　他有时会把我搂在怀里，一言不发。我不希望我最大的敌人能觉察到我此刻的感受。伦理从不曾有过低级、庸俗或卑鄙的行动。如果有过，那倒是帮了我的忙。

　　"说到底，你身上没有缺点。"我对他说。

　　他没有说话，但感到很惊奇，最后问我这是不是一个问句。我觉得这是一个很有启发性的回应。

　　我一针见血：因为他身上没有缺点，所以我才那么爱他；也正因为他没有缺点，我对他才没有爱情。然而，我并不喜欢痛苦。一道菜，在里面倒点醋，味道才会完美。贝多芬的《第九交响曲》如果没有失望的犹豫，那将不堪入耳。

这种想法又让我想起了另一件事。

"你还是武士耶稣吗？"

伦理的回答十分聪明：

"啊，是的。我都忘了这事。"

"是还是不是？"

"是。"他说，就像他曾声称自己是学生一样。

"有什么迹象？"

他习惯性地耸耸肩，说：

"我正在读一本关于拉美西斯二世[1]的书。我对那段文明很感兴趣，我想当一个埃及人。"

我知道他是哪种日本人：这种人对异域的所有文化现象都有强烈的兴趣，所以，我们能在日本找到一些研究十二世纪布列塔尼语和佛拉芒绘画中的鼻烟图案的专家。伦理先后有过的志向，我还以为都是一样的。错了，他还对别的东西感兴趣。就是这样。

一九九一年一月九日，我对未婚夫宣布了我第二天要回

---

1 古埃及第十九王朝法老（约前1304—前1237），其执政时期是古埃及新王国最后的强盛年代。

布鲁塞尔的消息。我说这话的时候非常轻巧，好像在说要买一份报纸一样。

"你去比利时干什么？"伦理问。

"看我姐姐和几个熟人。"

"什么时候回来？"

"不知道，很快吧。"

"要我送你去机场吗？"

"谢了。我自己解决吧！"

他犹豫不决。一月十日，那辆白色的奔驰轿车最后一次停在我的住处门前等我。

"行李箱这么大，这么重！"他说着，把箱子放进了后备厢。

"是些礼物。"我说。

我把自己的东西全都搬走了。

在成田机场，我要他赶快回去。

"我不喜欢在机场里说再见。"

他拥抱了我，走了。他一离开，我哽咽的喉咙就松开了。我满心欢喜，忧伤变成了巨大的喜悦。

我笑了。我骂自己，百般诅咒自己，这是应得的，但我还是忍不住舒心地笑了，我解脱了。

我知道我本该伤心，感到耻辱，等等，但我没有这样的感觉。

办理登机牌时，我要求给我一个靠窗的座位。

* * * *

有一种快乐比机场还要大，那就是坐在飞机上时所感到的快乐。当飞机起飞，而你又坐在舷窗旁边的时候，这种快乐达到了顶点。

不过，离开这个我所爱的国家，又是以这样的方式离开，我真的感到有些失望。请相信，在我的心中，对婚姻的惧怕压倒一切。我欣喜若狂。机翼就是我的翅膀。

飞行员肯定是故意飞过富士山上空的。从天上看下去，富士山多美啊！我在心中默默地对它说：

"老兄，我爱你。我走了，这是对你的背叛。有时，逃跑也是一种爱。为了爱，我需要自由。我走了，是为了把我在你身上感受到的美永远留在心里。你可别变啊！"

很快，舷窗外就看不见日本了。那时，痛苦还没有取代欣喜。机翼使我的身体延长了，还有什么比拥有翅膀更好的

事呢？哪个城市的名字比得上拉斯维加斯[1]？荒谬的是，这是
世界上结婚的人最多的城市，而里诺[2]是个离婚之城。我觉得
反过来才对。翅膀是用来逃跑的。

逃跑好像是不大光彩的。遗憾的是，逃跑太让人开心了。
逃跑给人以一种巨大的自由感。有得逃比没得逃更让人感到
自由。逃跑者腿部肌肉紧张，皮肤颤抖，鼻孔抽动，眼睛睁大。

"自由"是个老生常谈的话题，提起来我就会打哈欠。
不过，用身体体验自由，那就是另一回事了。你总得有什么
东西要逃跑，以便给自己创造这种美好的可能性。而且，人
永远都有东西要逃跑，那就是人自身。

人可以摆脱自身，这是个好消息。所摆脱的，是个小监狱，
我们定居在什么地方就把它安排在什么地方。那就溜之大吉，
走人：这个"自身"感到太惊讶了，都忘了扮演狱卒的角色。
人可以摆脱自身，就像摆脱追捕者一样。

从窗口望去，西伯利亚无边无际，冬天里一片白茫茫。
那是个理想的监狱，因为巨大无边。想要逃出去的人会因为

---

1 拉斯维加斯(Las Vegas)源自西班牙语，意为"肥沃的青草地"；法语意为"厌
　烦了织女星"。
2 位于美国内华达州，被称为"世界上最大的小城市"。竭力效仿拉斯维加斯，
　兴建了一大批赌场。

迷失在这巨大的空间里而死亡。无限有个矛盾之处：人们能预感到自由，而这种自由并不存在。那是一个大得永远也走不出去的监狱。从飞机上看下去，这很容易明白。

我身上的查拉图斯特拉突然想起来，如果是徒步，我会在雪地上留下痕迹，人们可以循着脚印追踪我。翅膀，真是一个了不起的发明。

逃跑，不那么光彩？但总比让人捉住好。唯一的羞耻，是没有自由。

空乘给每个乘客都发了一个耳机。我来来回回收听不同的音乐节目。人在这么高分贝的环境下也能旅行，真是不可思议。突然，我搜索到了李斯特的《匈牙利狂想曲》，那是我最早接触的音乐。当时我才两岁半，在凤川的客厅里，母亲严肃地对我说："这是《匈牙利狂想曲》。"我听着这音乐，好像是在听一个故事。坏人在追骑马逃跑的好人，那些坏人也骑马，看谁跑得更快。有时，音乐说，好人得救了，但他们受骗了，坏人们狡猾地暗示他们已经逃离了追击圈，以便更好地抓住他们。终于，好人明白了坏人的诡计，但已为时太晚。他们能逃脱危险吗？他们跑得上气不接下气，人跟马紧紧地贴在一起。他们跑得筋疲力尽，他们的马也同样。我就在他们旁边，不知道自己属于好人还是属于坏人，但我不得不待在这些逃跑者旁边。我就像只猎物，心狂跳着。啊，前面出现了一条激流，马能跳过这样宽的深沟吗？必须跳过去，否则就会被敌人抓住。我听着，害怕得两眼圆睁。马起跳了，刚好落在对岸，他们得救了。坏人们没有跳过去，他们没那么勇敢，因为他们没有任何东西要逃。抓人的愿望没有被人抓住的恐惧那么强烈，所以李斯特的《匈牙利狂想曲》是以胜利结束的。

我给这架飞机取名为"飞马"。李斯特的音乐大大地为我增添了喜悦。我即将二十三岁了，还没有找到自己寻找的东西，所以我才那么热爱生活。二十三岁还没有找到自己的道路，这真好啊！

一九九一年一月十一日，飞机降落在扎芬特姆机场[1]。我扑到前来接我的朱丽叶的怀里。马嘶、狗吠、狮吼、羊叫、狼嚎……狂喊乱叫了一番之后，姐姐问我：

"你不会再走了，是吗？"

"不走了！"我斩钉截铁，要消灭否定句的模糊性。

朱丽叶开车把我送到了我们在布鲁塞尔的家。比利时正

---

1 比利时布鲁塞尔的国际机场。

是这样的，我喜欢它低矮的灰色天空，喜欢它的郊区，喜欢那些紧紧地裹着外套、拿着手提包的老太太，喜欢它的地铁。

"那个伦理，他会到这里来吗？"朱丽叶问。

"我想不会吧！"我含糊其词。

好在她没有追问下去。

我们的二人生活重新开始了，像一九八九年之前那样。能和姐妹一起生活，那真好。比利时的社会保险局正式确认了这种关系，给了我一个真实身份，证件上这样写着：朱丽叶·诺冬的女佣。这不是瞎编的。我非常认真地从事我的职业，给我姐姐洗衣服。

一九九一年一月十四日，我开始写一部名为《杀手保健》的小说。早上，朱丽叶出门上班时向我告别："再见，保姆！"之后，我会写很长时间，然后突然想起衣服还在洗衣机里，便匆匆拿出来晾干。晚上，朱丽叶回家时会给我一个拥抱，作为感谢。

在日本，我把一部分工资存了起来，带回了比利时。靠这笔存款，我省吃俭用可以生活两年。如果两年后我的小说还是出版不了，那也来得及另想办法，我洒脱地对自己这样说。我喜欢这种生活方式。与我在日本企业的工作一比较，它显得多有诗意啊!

　　有时,电话铃会响。听到伦理的声音,我半天没有反应过来。我从来没有想过他,觉得我在日本的生活和比利时的生活之间没有任何联系。通过电话来交谈两地生活,我觉得就像让时间倒流那样不可思议。我的惊讶让那个小伙子也感到吃惊。

　　"你在干什么?"他问我。

　　"写作。"

　　"回来吧。你可以在这里写。"

　　"我还得给朱丽叶当女佣。我给她洗东西。"

　　"没有你她会怎么样?"

　　"很糟。"

　　"那就带她一起来。"

　　"好啊!你把我们俩一起娶了。"

　　他笑了,而我并不是在开玩笑。要让我接受这一婚姻,这是唯一的条件。

　　他最后这样说:

　　"我希望你尽快回来。我很想你。"

　　说完,他便挂了电话。从来没有一句责备。他很善良。

我感到有些内疚，但很快就过去了。

慢慢地，电话来得越来越少，最后就没了。我用不着去做那种最为可怕的、野蛮的、充满欺骗的、被叫作"分手"的事了。我不知道该怎样跟别人分手，除非对方犯了滔天罪行。对某人说"我们之间结束了"，这样很不好，很假，这绝对不是结束。哪怕你不再想他，你能否认自己心中已完全没有他了吗？一个人，只要他曾在你的生活中有过影响，这种影响就将一直持续下去。

在伦理这件事上，我真的是坏透了。"你给了我很多好处，你是第一个给我带来幸福的男人，我没有任何东西可以指责你，你给我留下了美好的回忆。"我如果要对他说这么无耻的话，便会玷污这个美丽的故事。

我感谢伦理上了这门课：他懂得了这个意思，无须我告诉他，从而也让我体验到了一段完美的爱情。

一天，电话响了，是阿尔班·米歇尔出版社的弗朗西斯·埃斯梅纳尔。他告诉我说，他将于一九九二年九月一日在巴黎出版《杀手保健》。新的生活开始了。

一九九六年初，父亲在东京打电话给我：

"我们收到了伦理的结婚喜帖。他要结婚了。"

　　"真没想到！"

　　"他娶了一个法国女人。"

　　我笑了。还是那么热爱伏尔泰的语言。

　　一九九六年十二月，我的日本出版商邀请我去东京出席《杀手保健》日语版的首发式。

　　在从布鲁塞尔到东京的飞机上，我的感觉怪怪的。我已经快六年没有前往我所逃离的那个可爱的国家了。在这期间，我遇到了那么多事情。一九九一年一月十一日，刚刚辞职的我成了一个女佣。一九九六年十二月九日，我已是一个作家，刚刚回答完记者们的问题。这已经不是社会地位的上升，而是身份的转变。

　　飞行员可能得到了指示：不许从富士山上空飞行。在东京，很多东西我都已经认不出来了。这座城市倒没有什么改变，但它不再是我的试验场。一辆商务车把我送到各个地方，记者们毕恭毕敬地跟我说话，向我提了一些严肃的问题。我的回答很随意，当我看到他们恭恭敬敬地把它们全都记录下来时，我感到很不自在。我很想对他们说："说白了，那都是写着玩的！"

　　日本出版商举行了鸡尾酒会来纪念该书的出版，宾客盈门。一九九六年十二月十三日，我在人群中看见了一张自一九九一年一月十日之后便再也没有见到过的面孔。我向他跑去，喊着他的名字。他也说着我的名字。我在他面前惊奇地停下了脚步。我离开时他还是一个六十公斤的小伙子，现在他却成了一个九十公斤的年轻人。他笑了，说：

"我胖了，是吗？"

"怎么回事？"

问了这么一个愚蠢的问题，我马上就后悔了。他本来可以这样回答的："因为你离开了。"但他很有风度地没有答话，只是一如往常地耸了耸肩。

"你没有变。"我笑着对他说。

"你也没变。"

我马上二十九了，他二十八。

"你好像娶了一个法国女人。"我又说。

他点点头，然后做了道歉：她没有跟他一起来。

"她是一个将军的女儿。"他补充说。

我笑了，又是一个怪异之处。

"神了伦理！"

"神了我！"

他要我题词送给他一本《杀手保健》。我不知道该写什么好。

还有别的人在等我的签名题词，得告别了。这时，发生了一件可怕的事情。

伦理只对我说了这么一句：

"我想像武士一样给你一个友谊的拥抱。"

这话对我产生了巨大的作用。重新见到这小伙子，我太高兴了。我突然激动起来，难以自制。我扑到他怀里，想掩饰冒出来的泪水。他紧紧地拥抱着我，我也紧紧地拥抱着他。

他找到了该说的话。他花了七年时间才找到。如果他跟我说起爱情，我会嗤之以鼻，因为那不是该说的话。可是现在，他说出了我跟他一起体验过的东西，我刚刚明白。当他对我说出这句该说的话时，我才终于感觉到。

在我们拥抱的那十秒里，我感受到了在那几年当中我应该感受到的东西。

在十秒里体验七年的激情，那真是太强烈了！我和伦理真的是这样：像武士一样友好地拥抱。这比愚蠢的爱情故事要美丽多少、高贵多少啊！

后来，两个"武士"都松开了对方的身体。伦理潇洒地转身离开，没有再回头。

我仰起头，想让眼睛把泪水都收回去。

我现在是个武士了，要给下一个读者签名题词。

Ni d'Ève ni d'Adam by Amélie Nothomb

© Editions Albin Michel–Paris 2007

Current Chinese translation rights arranged through Divas International, Paris
巴黎迪法国际版权代理（www.divas–books.com）

著作权合同登记号：图字18–2019–304

图书在版编目（CIP）数据

我心深藏之惧 /（比）阿梅丽·诺冬著；胡小跃译
. -- 长沙：湖南文艺出版社，2021.4
ISBN 978-7-5726-0095-1

Ⅰ. ①我… Ⅱ. ①阿… ②胡… Ⅲ. ①长篇小说—比
利时—现代 Ⅳ. ①I564.45

中国版本图书馆CIP数据核字（2021）第035964号

上架建议：畅销·外国文学

WO XIN SHENCANG ZHI JU
我心深藏之惧

著　　者：［比］阿梅丽·诺冬（Amélie Nothomb）
译　　者：胡小跃
出 版 人：曾赛丰
责任编辑：吕苗莉
监　　制：邢越超
策划编辑：李美怡
特约编辑：汪　璐
版权支持：辛　艳　张雪珂
营销支持：周　茜
装帧设计：梁秋晨
封面插画：Adara Sánchez Anguiano
出　　版：湖南文艺出版社
　　　　　（长沙市雨花区东二环一段508号　邮编：410014）
网　　址：www.hnwy.net
印　　刷：三河市中晟雅豪印务有限公司
经　　销：新华书店
开　　本：680mm×955mm　1/32
字　　数：102千字
印　　张：6
版　　次：2021年4月第1版
印　　次：2021年4月第1次印刷
书　　号：ISBN 978-7-5726-0095-1
定　　价：42.00元

若有质量问题，请致电质量监督电话：010-59096394
团购电话：010-59320018